L'AMI DE VINCENT

Albert Gange, chef d'orchestre dans un music-hall de la rue Blanche, cherche Irina Laden dans les coulisses de l'Opéra de Vienne.

Albert Gange donne de l'argent à une fille qu'il ne connaît pas, une fille dont les yeux malades deviennent parfois trop petits.

Albert Gange erre dans le quartier juif de Rome, interrogeant les concierges : « Avez-vous connu deux femmes, deux sœurs, très belles, les sœurs Lana ? Il faut absolument que je les retrouve… »

Albert Gange n'est plus un homme tranquille parce qu'il est l'ami de Vincent, le trompettiste de l'orchestre : Albert vient de découvrir dans la vie de Vincent un trou noir où sont enfouies d'étranges histoires d'amour. Dont l'une est une histoire de mort.

Où commence, où finit une amitié ? Peut-on rester jusqu'au bout l'ami d'un autre, quoi qu'il arrive, quoi que l'on ait fait ? Au terme de l'enquête minutieuse qu'il a menée à l'insu de Vincent, Albert tranchera en silence, le temps d'une dernière répétition où chacun reprendra son instrument : Vincent sa trompette, Albert sa baguette de chef, prêt à diriger ses musiciens les yeux fermés.

Né en 1954 à Paris. Jean-Marc Robert est l'auteur de nombreux romans et récits, parmi lesquels Affaires étrangères *(prix Renaudot, 1979),* Mon père américain, Une petite femme *et* Toilette de chat. *Éditeur aux éditions du Seuil, puis chez Fayard, il est aujourd'hui responsable des éditions Stock.*

Jean-Marc Roberts

L'AMI DE VINCENT

ROMAN

Éditions du Seuil

TEXTE INTÉGRAL

ISBN 2-02-062221-1
(ISBN 2-02-006076-0, 1re édition
ISBN 2-02-006720-X, 1re publication poche)

www.seuil.com

pour pamela et gabriel
pour pierre, isabel, et christopher

« J’ai laissé passer les fêtes comme
un ami qu’on voit partir. »

Étienne Roda-Gil

1

Ma petite Italienne accepta longtemps d'être prise pour un garçon. On l'habillait de façon ridicule : costume marin très strict pour dissimuler son corps parfait, casquette assortie du même bleu cru, ses longs cheveux blonds coincés et sacrifiés à l'intérieur.

Elle portait des chaussures d'homme, de larges sandales en lézard avec des trous sur le côté pour permettre à ses pieds de respirer. Elle portait les chaussures de son frère Maurizio ; son frère ne savait pas bien marcher, il n'avait pas besoin de chaussures. Maurizio paraissait déjà trop grand pour son âge. Il avait gardé, à treize ans, cet air tendre et innocent réservé aux simples et aux nouveau-nés, parlant à peine et indistinctement, souriant volontiers à n'importe qui, aux passants du Corso Vittorio Emmanuele qui, aussitôt, tournaient la tête, s'inventaient une conversation, des occupations pressantes.

Ma petite Italienne portait ces chaussures pour satisfaire ou consoler, combler les vœux de ses parents. Quand ils la voyaient courir, traverser les rues, peut-être s'imaginaient-ils voir Maurizio avec elle ? Ils la laissaient très libre : dans la mesure où elle comptait pour deux, elle avait droit au double d'argent de poche et de permissions. Elle recevait en échange les baisers mouillés de ses parents, portait sans discuter ces affreuses chaussures, ces vêtements cocasses. On l'appelait Maurizio à table si son frère ne répondait pas.

Quand j'étais enfant, mettons adolescent, elle était la seule fille de mon âge qui faisait l'amour vraiment. Elle nous apprenait avec bonheur et patience qu'il fallait mettre la langue pour s'embrasser. Elle voulait bien qu'on la caresse partout, elle nous disait : « Continue, ne t'arrête surtout pas ! » Elle parlait du plaisir que nous lui procurions avec nos mains maladroites. Son « tu me plais » valait une fortune, son « tu me plais » était immanquablement suivi d'un rendez-vous. Rendez-vous secret que toute la bande, la « committiva » devinait au même instant.

Elle arrivait en avance, adressait un signe de reconnaissance à celui d'entre nous qu'elle avait choisi, agitant de haut en bas la veste de son costume déjà ôtée. Elle voulait bien, en effet, froisser son chemisier, son pantalon court ou sa jupe mais son blazer jamais.

Elle attendait un premier baiser pour nous avouer doucement : « J'ai envie de toi, tu peux me faire ce que tu veux… »

La scène se passait invariablement au beau milieu d'un champ d'orangers comme il en existe des milliers dans l'Italie du Sud. Ses parents possédaient de nombreuses terres dans la région, on prétendait qu'elles perdaient chaque année de leur valeur.

En ces fins de journées d'été très ordinaires, ma petite Italienne serrait son partenaire contre elle en y mettant toutes ses forces et tout bas : « Il faudra juste te retirer un peu avant, nous disait-elle, mais n'aie pas peur, j'aime ça. Je l'ai déjà fait. »

Les caresses ne duraient jamais longtemps. Nous

étions surpris, bientôt gênés par son adresse à elle qui s'appliquait à nous rendre, donnant donnant, nos caresses à nous. Ce n'était pas fréquent, au début des années soixante, surtout dans ce pays. Elle n'avait guère plus de seize ans, nous avions un peu honte. Elle semblait nous interdire de tomber amoureux d'elle, nous savions qu'il convenait d'aller vite, qu'en perdant du temps, nous aurions perdu la chance.

Elle se contentait d'une fois : « C'est très bien, nous assurait-elle, tu as été gentil, tu es parti au bon moment. » Et si nous la désirions encore : « Tu n'en as pas assez ? Tu veux plus, vraiment ? » Elle regardait sa montre, une montre d'homme ou de garçon qui, comme les chaussures, devait appartenir à Maurizio, incapable de lire l'heure. « J'ai le temps pour un petit plaisir… » Elle ne laissait aucune trace, ni sur nous ni sur elle. Bien mieux que les filles de Messine que l'on payait pour ça.

Était-elle aussi belle que j'aime le croire encore, quand elle se rhabillait à la hâte, s'inventant malgré les 31° à l'ombre des manies de femme frileuse, enfilait sa veste intacte et nous faussait compagnie, brusquement, sans même prendre la peine de nous envoyer ce fameux dernier baiser, nécessaire et indispensable en guise de promesse, comme un sous-titre : « On se revoit bientôt ! »

On la revoyait, bien sûr, mais pour tout autre chose, nous pouvions toujours la regarder vivre sans nous : elle, elle ne nous voyait plus.

Elle n'était peut-être pas assez jolie, la petite Italienne qui, un jour, sous mes yeux impuissants, devant la réception d'un grand hôtel de la ville où elle venait rejoindre son père après une longue absence (il travaillait dans le pétrole et voyageait souvent), évita ce père modèle pour sauter au cou du concierge et embrasser l'inconnu sur le même ton, avec les mêmes mots : « Bonjour papa ! »

Le type, confus, lui sourit machinalement et lui désigna aussitôt le père véritable. Ce dernier n'avait pas bougé, n'ayant sans doute pas mesuré son infortune. Il embrassa sa fille timidement avant de lui apprendre assez fort pour que tout l'hôtel l'entende :

– J'ai cinquante mille lires pour toi, achète-toi ce que tu veux !

– Mais papa…

– Tu es contente au moins ?

– Papa, je viens d'embrasser le concierge de l'Excelsior à ta place. A ta place, tu comprends ?

– C'est à cause du costume, se défendit le père. Tu as noté son élégance, sa tenue impeccable, il doit avoir chaud, pauvre garçon… tu as remarqué ses boutons dorés ?

– Quels boutons ?

– Allez, ne fais pas d'histoires, Maurizio, viens, ta mère nous attend à la maison…

– Je ne m'appelle pas Maurizio, dit la petite Italienne devenue franchement laide.

Elles étaient comme ça, souvent un peu grosses ou un peu maigres, elles embrassaient les gens par erreur et se plaignaient du froid, les femmes de ma vie. Seule leur beauté imparfaite me procurait un espoir, une émotion, des sentiments. Des rondeurs embarrassantes, un nez important, une absence de lèvres ou de poitrine me les rendaient plus accessibles. Elles avaient parfois les jambes trop courtes, les yeux jamais très bleus, une voix d'homme moins douce que prévue, adorables en maillot de bain sur la plage ou dans la mer, méconnaissables le soir en ville mais c'était mieux ainsi.

Comme les croupiers des casinos, au baccara, au chemin de fer, annoncent « huit ou neuf en banque », j'aurais aimé annoncer trente-huit en vie. Trente-huit femmes différentes. Une par année de ma vie mais je suis loin du compte. Je fais collection d'occasions et de gestes manqués, visages, silhouettes laissées passer, aventures inachevées pour plus de calme. Je pense disposer à mon âge d'une vie de rechange, une vie en double que j'utiliserais à corriger la première mais je n'en éprouve pas le besoin. Je n'ai besoin de rien de ce genre, surtout après ce qui est arrivé, comme si l'exemple de Vincent m'avait servi de leçon.

De quoi me plaindrais-je ? Depuis que ma femme a cessé de travailler, je me lève très tard. Dominique travaillait comme mannequin dans le prêt-à-porter. La direction de l'agence qui l'employait lui a signalé un jour qu'elle gagnerait à surveiller son régime et sa ligne, qu'elle commençait à s'empâter. Six mois plus tard, on lui signifiait plus clairement qu'elle se gâchait l'existence, qu'elle perdait sa jeunesse, qu'il valait mieux s'arrêter après trente ans, réussissant à lui faire admettre que les mannequins, surtout les femmes, devenaient fous au bout d'un certain temps, que défilés, photos, essayages étaient déconseillés car très dangereux psychiquement.

Depuis, Dominique s'occupe exclusivement des enfants, de nos enfants Muriel et Guillaume. Ce sont de petits enfants que dix-huit mois séparent. Je sais que Dominique leur promet le matin tout un tas de surprises pour qu'ils ne me réveillent pas. Elle les conduit à l'école, échange quelques mots avec les mères ou les nurses des autres enfants, puis nous achète de quoi manger. Je lui ai proposé plusieurs fois de grouper ces courses alimentaires sur une journée, lui assurant que je l'emmènerais en voiture mais elle m'a répondu que ces achats quotidiens l'aidaient à gaspiller un peu de son temps.

Mon métier m'autorise maintenant les grasses matinées, les déjeuners en famille. Quand Dominique décide d'aller passer quelques jours chez mes parents à Genève, bout de famille qu'elle voit un peu pour moi, par procuration, je suis fort capable de ne pas me lever avant le début de l'après-midi. Je traîne alors volontiers dans cet appartement fonctionnel mais trop grand, un peu sombre pour un troisième étage. Si grand que, l'an dernier, Dominique a invité son père à s'y installer pour un mois ou deux. Je ne sais rien refuser à Dominique, nous avons appris à transformer nos habitudes en complicités multiples, personne n'élève la voix chez nous, ce serait mauvais pour les enfants.

Raoul venait de perdre sa femme, notre présence le soulagerait un peu. Il nous était impossible de prévoir alors qu'il habiterait encore avec nous aujourd'hui et qu'il aurait transformé le double living en un second appartement.

Les séances d'enregistrement en studio se font rares, les disques de musique légère, instrumentale, se vendent lentement, sur la durée… J'ai beau chercher, je n'ai parfois aucune raison valable d'ouvrir les yeux.

Heureusement, Raoul allumera la télévision du salon pour regarder la mire, régler l'image et le son ; la secrétaire de Janvion me réveillera pour me confirmer l'horaire d'une répétition avec les nouveaux choristes ; un guitariste me tirera finalement du lit, m'apprendra tout penaud qu'il nous quitte, que tel chanteur à succès l'engage sur sa tournée. Il s'agira alors de remplacer le musicien, donner quelques coups de fil, s'entendre sur son cachet. Démarche bien routinière.

Au début de l'année, pourtant, j'ai dû faire passer une audition pour remplacer Vincent. J'aurais pu trouver un trompettiste de sa valeur en feuilletant le bottin des spectacles, la photo d'un type plus sympathique qu'un autre m'aurait retenu mais j'avais rêvé cette audition, il me fallait ce monde et ces lumières. Ce petit cérémonial désormais inhabituel presque désuet m'offrirait, espérais-je, une fin logique, une chute idéale à mon histoire avec Vincent, une histoire de femmes justement, de femmes et de sommeil.

Je dirige depuis neuf ans l'orchestre de variétés d'un music-hall parisien. Ces neuf années représentent très exactement ma vie commune avec Dominique. J'avais posé ma candidature, accepté cette proposition pour l'épater un peu, la séduire, gagner surtout une occasion de fêter quelque chose : l'orchestre Palm. Palm n'est même pas mon nom. Je m'appelle Albert Gange mais Janvion, le directeur du théâtre, jugeait Gange trop terne et conventionnel :

– Ça fait même un peu emprunté, un peu fabriqué si vous voulez tout savoir.

Je suis devenu Palm pour toute la profession où je

suis reconnu, respecté, jalousé aussi. Certains m'accusent d'avoir déniché un peu tôt une place au soleil. Les gens se demandent comme moi pourquoi, comment mon orchestre est maintenu par la direction du théâtre. On n'ignore pas, du moins en France, à Paris, que le vrai music-hall est mort ou se meurt lentement. Aujourd'hui, les chanteurs se produisent le plus souvent en récital, ils arrivent flanqués de leur orchestre, de leur chef qui est en même temps leur arrangeur. Peut-être sommes-nous indissociables de ce théâtre de la rue Blanche, de son décor, son rideau plus gris que rouge, ses fauteuils que Janvion ne veut pas se résoudre à réparer malgré les plaintes des spectateurs ? Employés à temps plein au même titre ou presque que les machinistes, le régisseur M. Rose, ou Maggy la vieille habilleuse, nous sommes rivés là, prêts à prendre la relève en cas de défection. Peut-être cela leur coûterait-il trop cher de nous licencier tous les dix ? Bien sûr, nous assurons la première partie du spectacle quand il y en a une, justifiant notre salaire en accompagnant un numéro de jongleur ou de trampolino, une chanteuse réaliste (la quinzième nouvelle Piaf), un ventriloque échappé du Lido.

Le music-hall de la rue Blanche a conservé au fil des ans une bonne clientèle : on se souvient d'avoir vu débuter ici Léonard et ses chiens parlants, le compositeur de *Bar Tabac*, le créateur de *Clichy millionnaire*.

L'audition pour remplacer Vincent ne donna rien et me parut interminable. Je finis par haïr ces musiciens affables qui se croient toujours en scène les meilleurs du monde. Je fus odieux :

– On fait de la musique ici ! Alors, au suivant !

Je compris que je ne remplacerais pas Vincent par le

premier venu. Je devais en effet découvrir son parfait successeur, pour le travail mais aussi pour la bonne marche de ma propre vie. Vincent demeurait mon ami véritable, le meilleur, cette obstination soudaine, ce refus délibéré à en nommer un autre me le prouvaient bien.

L'audition s'éternisa jusqu'à sept heures du soir et je n'avais choisi personne.

– Vous avez vu le dernier, aboya M. Rose, furieux d'avoir à accomplir ces heures supplémentaires.

Janvion ne put s'empêcher de me reprocher ma légèreté, mon intolérance :

– L'électricité c'est moi qui la paye ici !

Il avait déjà assez mal réagi à cette idée même de sélection :

– Arrangez-vous avec un seul trompettiste, non ? Ça ne vous suffit donc pas ?

– Vincent Lamar était trompettiste solo, monsieur…

– Vous serez gentil de passer à mon bureau, à ce sujet !

Le bureau de Janvion est situé entre deux loges des coulisses, au premier étage. Un bureau labyrinthe, Janvion lui-même a pris l'étrange habitude de frapper à la porte avant d'y entrer. Labyrinthe vu le désordre qui y règne, un fouillis nous interdisant parfois de discerner même notre directeur, petit bonhomme au physique ingrat, pas de cou, mains moites, un amoureux de chansons à boire. Il ne nous convoque en ces lieux que pour des choses graves, extra-professionnelles, nous glissera le reste au bar des artistes entre deux verres d'alcool.

Janvion avait tenté ce soir-là d'en connaître plus sur le départ de Vincent :

– Personne ne l'a débauché que je sache. Nos rapports avec lui étaient devenus impossibles et ce n'est pas moi qui vais le pleurer mais de là à… Que s'est-il passé au juste ? Les raisons, les conditions mêmes de son départ demeurent bien mystérieuses. Ça s'est fait si brutalement. A l'étranger, semble-t-il, et sans aucun contrat, n'est-ce pas, sans nous laisser la moindre adresse… Sa femme l'a suivi au moins ?

– Nathalie est partie avec lui, oui, mais rassurez-vous monsieur, il avait quelque chose en vue.

J'avais dû inventer un engagement en Angleterre pour mettre fin à cette discussion, dissiper les inquiétudes de Janvion que cette histoire ne regarde pas. Je connais notre directeur, sa rancune, son goût du commérage. Vincent ne sera sans doute plus engagé nulle part. Il peut envisager de travailler au noir pour certains cabarets. Il faudrait remonter au mois de septembre de l'an dernier pour essayer de comprendre.

C'était la rentrée des classes : Guillaume, mon petit garçon allait à l'école pour la première fois ; la même semaine, le père de Dominique s'installait chez nous, s'imaginant qu'il venait combler l'absence de Guillaume. Le nouvel arrivant donnerait inévitablement à ma femme un surcroît de soucis ; elle ne s'en plaignait pas, au contraire. Dominique n'avait pas trop souffert, curieusement, de la perte de sa mère. Ma femme a toujours réussi à garder pour elle chagrin et mélancolie. Je n'ai jamais pu lui tirer une larme des yeux, un cafard de la tête.

J'avais cru d'abord qu'il s'agissait d'une blague. Nous en faisions beaucoup Vincent et moi sur la séparation, la mort des gens, des blagues d'un goût douteux pour prévenir le danger, nous préparer au pire.

Une fois, cela avait failli mal tourner. Nous avions réuni toute une somme d'informations d'ordre intime sur les musiciens de mon orchestre. A la fin d'une répétition, comme tant d'autres, au lieu de commenter leur travail, de leur apporter des suggestions, des modifications, je me mis, en accord avec Vincent, à les appeler l'un après l'autre, tel un maître d'école : « Morin, vous n'auriez pas dû acheter cette maison, vous endetter bêtement, tout ça pour vous dire que vous possédez votre petit bout de terrain, vous serez bientôt obligé de la revendre cette maison, figurez-vous ! Jamais, vous n'arriverez à la payer ! »

« Chambrun, vous êtes un raté. Vous n'êtes pas prêt de monter votre propre orchestre. On vous garde ici parce que vous nous inspirez de la pitié, que vous n'êtes pas loin de la retraite. »

« Votre femme vous trompe, Porte. Je ne vous l'apprends pas, au moins, ce serait grossier. Vos collègues, Janvion, tout le théâtre, votre quartier ferment les yeux pour ne pas vous blesser. Vous êtes l'hameçon, Porte, un hameçon estimable, on vous invite souvent à dîner, n'est-ce pas ? Votre femme a du chien, de la classe avec en prime un sacré tempérament, je vous le jure ! »

« Ne vous cachez pas, Rure, vous n'allez tout de même pas vous étonner du renvoi de Liliane. Elle nous a tenus au courant pour l'avortement, je ne vous félicite pas, Rure. Faire ça dans le théâtre, avec une ouvreuse, ce n'est pas bien malin… »

Son tour approchant, Vincent s'excusa pour nous deux :

– On voulait simplement s'amuser, il n'y a pas de quoi dramatiser…

Mais les musiciens prirent définitivement Vincent en grippe, lui collant sur le dos la seule responsabilité de cette farce. Leur réaction infantile ne m'avait pas déplu.

Nous aimions ainsi, Vincent et moi, prolonger nos années de chahut, chahut dérisoire bien sûr et aussi puéril que le comportement des musiciens.

Pour la période du salon automobile, Janvion avait composé un programme tout terrain. L'orchestre jouait des pots-pourris entre deux numéros de cirque, avant d'accompagner la vedette américaine, l'imitateur Piero, increvable coqueluche du public. Nous disparaissions après l'entracte, n'ayant plus qu'à rentrer chez nous. Comme chaque soir, Vincent était venu boire un verre dans ma loge. Nous désertions le bar des artistes trop fréquenté pour nous livrer à notre occupation favorite : dire du mal des gens qui le fréquentent. Nous préférions avaler un whisky tiède – le théâtre est surchauffé – dans un vulgaire gobelet de plastique. C'est à ce moment-là, quand cette fille est arrivée, que j'ai pensé à une mauvaise plaisanterie.

J'achevais de me démaquiller en me moquant des trous de mémoire de Piero à qui un jeune danseur ravissant avait fait tourner la tête ; Vincent, à demi allongé sur le canapé-lit auquel j'ai droit en tant que chef d'orchestre, me renvoyait la balle. La porte de ma loge demeurée entrouverte, la fille n'avait eu qu'à la pousser très faiblement.

Elle devait avoir une trentaine d'années, habillée simplement, un imperméable vert jeté sur les épaules, les épaules, le corps plutôt maigres, le regard oppressant ; son visage me parut d'une blancheur incroyable, une pâleur accusée par le noir de ses cheveux.

La fille, sans même remarquer ma présence, se dirigea droit vers Vincent :

– Vous avez tué ma sœur.

– Quoi ?

– Vous avez très bien entendu.

Pour unique réponse, Vincent partit d'un énorme éclat de rire, exactement comme s'il avait flairé un piège, une vengeance stupide de musiciens, ces musiciens qui se réunissent place Blanche, non loin du théâtre, tous les mercredis, traditionnellement, parce qu'ils n'ont pas de travail et se dépannent les uns les autres.

La fille, pourtant, n'avait pas l'air de plaisanter, elle ne se démonta même pas, saisit Vincent par le bras, prête à l'emmener, si violemment que je me décidai à intervenir pour les séparer :

– Vous n'êtes pas un peu dingue, non ? Laisse, ordonnai-je à Vincent.

La fille m'offrit le même regard, le même noir, s'adressant à moi sur le même ton de reproche :

– Vous êtes qui ? Son garde du corps ? Tu as besoin de protection, maintenant, mon pauvre Vincent ? Quoi ? Je vous fais donc si peur…

Vincent riait toujours quand j'éconduisis la fille. J'avais voulu interrompre au plus vite cette comédie insensée, incompréhensible. J'étais loin d'imaginer alors jusqu'où elle nous mènerait.

La fille continua à faire du bruit devant les artistes et les machinots :

– Humiliez-moi en plus, hurlait-elle. Et en public !

Elle parlait notre langue, un français sans accent, mais j'eus tout de suite la conviction qu'elle était étrangère.

Nous étions enfin sortis du théâtre, un instant immobiles et gênés devant la porte, sur le trottoir :

– Vincent ne m'oubliera plus, me promit-elle.

Et elle s'en alla.

J'attendis de la voir descendre la rue Blanche jusqu'au premier feu rouge, de son pas assuré, d'un calme absolu. Je m'aperçus alors que Maggy l'habilleuse m'avait suivi :

– Vous avez remarqué son imper ?

– Oui, pourquoi ?

– M. Janvion interdit le vert dans tout le music-hall, on dit que ça porte malheur, une vieille superstition de comédien.

– Je suis désolé, Maggy.

– Si cela se reproduisait, je serais obligée…

– Ça va Maggy, ça va maintenant.

J'expliquai aux autres curieux des coulisses que la fille n'était qu'une ancienne conquête de Vincent, venue le relancer.

A mon retour dans la loge, je m'efforçai de questionner mon ami :

– Tu la connais ?

– Jamais vue.

Il ne riait plus, avait quitté le canapé pour marcher de long en large dans la pièce.

– Mais qu'est-ce que tu as ?

Il posa son gobelet vide sur ma table, je vis qu'il tremblait légèrement.

– Enfin Vincent, parle-moi…

Vincent se jeta dans mes bras et me couvrit de baisers, sur le front et les joues mais bientôt dans le cou, comme le font Muriel et Guillaume quand je les prends en faute.

– Tu ne vas pas te mettre à pleurer, non ?

Nous passâmes une nuit entière à tenter d'effacer cette inconnue.

Je me souviens avoir téléphoné à Nathalie, du pub anglais, pour qu'elle n'attende pas Vincent et qu'elle s'endorme vite. J'appelai Dominique aussi afin de la tranquilliser. Je laissai sonner plusieurs fois, Raoul finit par répondre :

– Blonde, rousse ? me demanda mon beau-père, se croyant très drôle.

Elle était brune, très brune mais je l'ai déjà dit.

Vincent avait les yeux gonflés maintenant, la tête de travers :

– Je ne peux pas rentrer chez moi, pas dans cet état, ne cessait-il de répéter.

Le lendemain tombait un mardi, jour de relâche, nous avions ramassé quelques affaires, Vincent sa trompette qu'il ne laissait jamais au théâtre, moi mon transistor, une paire de mocassins et mon flacon d'eau de toilette dont tout le monde se servait.

– On ne rentre pas hein, pas tout de suite ?

Je suggérai à Vincent de l'emmener au pub anglais du boulevard de Clichy, ouvert très tard, rempli de couples illégitimes, de touristes et de noceurs solitaires.

– Tu ne m'en veux pas, Albert, tu me comprends ?

Je n'y comprenais rien. Ou bien Vincent connaissait la fille et il me mentait. Ou bien, mais je n'arrivais pas à le croire, la fille ne l'accusait pas par erreur. Je m'imaginais assez mal lui posant directement la question, et pourtant j'avais le droit de savoir :

– Savoir quoi ? Si j'ai tué quelqu'un ? La sœur de cette folle ?

Vincent retrouva ce rire insupportable pour me désarmer, me ridiculiser davantage. Je le suppliai bientôt de revenir sur terre auprès de moi, de se rendre au moins compte de ce qu'il ingurgitait :

– Arrête ces mélanges. Je ne t'ai jamais vu boire comme ça. Pense à Nathalie…

– Nathalie ? (Vincent s'était mis à crier aussi fort que la fille dans les coulisses.) Nathalie ne serait rien sans moi. Tu te rappelles d'où je l'ai sortie ?

Nathalie travaillait comme vendeuse dans un Prisunic du quartier République. Elle n'avait pas fêté ses dix-huit ans quand Vincent en tomba définitivement amoureux. Il s'était convaincu d'épouser une orpheline, une femme qui accepterait sans discuter d'être prise sous sa protection : « J'ai envie d'un oiseau, disait-il, un oiseau en équilibre sur une branche pourrie, prête à être coupée, sacrifiée. »

Quand Nathalie lui fournit la preuve qu'elle ne possédait aucune famille, Vincent résolut de se marier avec elle. Il lui fit abandonner son métier qu'il jugeait abrutissant et indigne d'elle, et la persuada de se lancer dans la comédie. Nathalie n'avait aucun don particulier ; elle débuta comme figurante à la télévision dans un feuilleton, une série inepte, décrocha une demi-scène dans un « boulevard ». La pièce fut retirée de l'affiche au terme des trente représentations réglementaires. Nathalie passait des auditions en vain, elle rencontrait des metteurs en scène qui ne la retenaient pas. Vincent payait annuellement une somme rondelette afin qu'elle continue de figurer dans le bottin des spectacles : « Je me trouve maigre en photo, trop maigre », prétendait Nathalie. « Attends ta chance, fais comme moi, lui assurait Vincent. Attends des rôles de ton âge, on ne te propose que des petites filles. »

Nathalie avait vingt-trois ans, on ne lui proposait pas grand-chose.

Ils vivaient tous les deux près de chez nous, rue Alasseur derrière le Village suisse, dans un appartement trop cher, un duplex de cent vingt mètres carrés au moins que Vincent louait à un compositeur à la mode.

Depuis Nathalie, Vincent était devenu sage. Il avait

renoncé à suivre les femmes dans la rue, dans les trains, partout, jusque dans la mer s'il avait pu. Il les suivait par jeu, pour se prouver à lui-même qu'il les séduirait. En effet, si les femmes répondaient à ses avances, Vincent leur bredouillait trois mots d'excuse et prenait la fuite, détalait comme un lapin. Il avait eu, je sais, des liaisons compliquées mais durables, préférant toujours se donner l'illusion de former un couple avec quelqu'un.

Vincent aimait Nathalie, il l'aimait à sa manière. Elle lui avait permis de grandir peut-être, il n'avait aucun mal à lui rester fidèle. Quand il parlait d'elle, je me souviens, il faisait exprès de la défendre, de vanter ses charmes comme l'on vend un produit. Il la détaillait minutieusement, tendrement, de la blondeur de ses cheveux à la finesse de ses chevilles :

– Et ne crois pas qu'elle n'a que la peau sur les os, si tu voyais ses seins, fabuleux ! Enfin toi, avec Dominique…

Nathalie était bien plus belle que Dominique. Vincent se doutait bien que je détestais la comparaison. Les deux femmes avaient appris à s'éviter, je l'avais moi-même souhaité et décidé très vite.

Je pourrais affirmer sur le même ton que Vincent était plus beau que moi. Une différence qui ne sautait pas aux yeux, bien sûr, mais à quoi bon tricher ou se voiler la face ? Quelques centimètres supplémentaires, des dents mieux plantées, des jambes plus longues, un ventre moins mou, le visage enfin, celui de Vincent d'une pureté de traits exceptionnels. Nous nous ressemblions assez malgré ces différences, bruns tous les deux, plutôt carrés, je n'étais son aîné que de deux ans.

Ces différences, pourtant, j'eus l'occasion de le vérifier, garantissaient à Vincent un certain avantage, une priorité, un droit de regard. Imaginez une place assise lorsqu'un train est bondé.

Je connais, au fond, Vincent depuis toujours, depuis que j'ai commencé à aimer pour de bon, et même si nous nous sommes perdus de vue pendant treize années, nous n'avons cessé de vivre l'un près de l'autre, l'un avec l'autre, filant le même coton, plus ou moins doux, selon le hasard.

Je connais Vincent depuis le mois de juillet 1961, juillet ou août, qu'importe, c'était l'été à Rome, les grandes vacances. Via Veneto. Vincent volait les journaux français aux kiosques de l'avenue. Il ne les lisait même pas ou peut-être devait-il survoler la page des spectacles ? Mes parents, en tout cas, arrivaient toujours trop tard chez le marchand : « Terminati », disait le bonhomme. Vincent avait déjà volé leurs titres préférés.

Mes parents et moi étions descendus dans un hôtel de la via Sistina, « modeste mais bien situé » se défendait mon père. Vincent, lui, avait de la famille à Rome. Anita, la sœur de sa mère, avait épousé un médecin italien. Un Calabrais. L'oncle Roberto n'avait sans doute jamais exercé mais il semblait tenir à ce titre de médecin, se prétendant à la fois gynécologue et psychanalyste. Roberto vivait de ses rentes, effectuait de mystérieux voyages éclair à travers l'Europe. Il possédait chez lui une vraie mitraillette chargée, nous jurait qu'un jour, il se posterait à son balcon pour tirer sur les passants : « Sur tout ce qui bouge ! »

J'avais fini par surprendre le curieux manège de Vincent volant ses journaux. Mes parents devant une glace à la terrasse de chez Doney, j'avais suivi Vincent. Je l'avais rattrapé et l'arrêtai enfin au moment où il tournait via Lombardia :

– Tu as besoin de lire tout ça ?

– Tu es français ? s'étonna Vincent.

– Ça fait une semaine que je t'observe. Ils vont finir par te pincer, tu sais.

Vincent me proposa le partage contre mon silence :

– Mon oncle me tuerait.

– Tu as quel âge ?

– Quinze ans. Pourquoi ?

Je parvins à ramener Vincent à mes parents, son stock de journaux sous le bras :

– Voilà de la lecture !

Je leur racontai qu'il était un ami du lycée à Paris. Complices de cette aventure, nous n'allions plus nous quitter.

Conquis par la beauté de la ville, mes parents employaient leurs journées à visiter musées et monuments. Ils avaient développé tous deux un goût très particulier de l'ordre et de la discipline, leurs visites tenaient à la fois de l'exploration émerveillée et de l'inspection de travaux finis. Ma mauvaise humeur aidant, ma mère jugea bientôt que j'avais atteint l'âge où l'on gagne le droit de s'amuser seul : elle me libéra de ces obligations pénibles, rappelant à mon père que je n'avais échoué à mon premier bac que de justesse et que je leur donnais, en musique, mille satisfactions. Ma liberté, ce fut Vincent. Il imprima aux dix jours de vacances qui me restaient à Rome, une cadence, un rythme auxquels je n'étais vraiment pas habitué.

Je découvris qu'à Paris nous étions presque voisins, habitant à quatre stations de métro d'écart et sur la même ligne, Barbès par Rochechouart. Vincent jouait déjà de la trompette en amateur, nous entretenions ensemble la même passion du jazz.

Je fis connaissance d'Anita et Roberto qui parlaient un français convenable tandis que Vincent, lui, se débrouillait parfaitement en italien. Il était capable d'attraper tous les accents, tous les tics et les mimiques des Romains et ne tarda pas à m'enseigner les « cattive parole », équivalent de nos gros mots. Il m'apprit également dans un tout autre registre le prénom d'un premier amour.

Elle s'appelait Daniela, petite fée de quatorze ans à peine dont le père était loueur de vélos dans les jardins de la villa Borghese. Nous mangions pour elle d'abominables sandwiches au thon ou aux sardines qu'elle nous confectionnait avec ferveur et dévotion. Nous roulions des heures à bicyclette en pleine chaleur tous les après-midi, eux devant et moi derrière.

– Comme ça, tu nous fais de l'ombre ! disait Daniela.

C'était Vincent qui traduisait.

Au moment de nous séparer et de rendre nos vélos, nos vêtements étaient bons à jeter. Je regardais avec envie Vincent et Daniela échanger un baiser de leurs mains, du bout de leurs doigts, cela afin de ne pas effrayer les promeneurs des jardins.

Vincent marchait avec moi jusqu'à la porta Pinciana, l'air agacé, torturé :

– Le problème avec ce genre de filles c'est qu'elles ne couchent pas…

Il semblait porter tous les malheurs du monde en prononçant cette phrase.

– Tu l'as déjà fait, toi ? me demanda-t-il.

– Non, jamais. Seulement tout seul.

– Tout seul, tout seul et comment veux-tu te faire des relations en le faisant tout seul ?

– Parce que toi…

– A Paris, oui. Là-bas, c'est plus facile. Je te présenterai.

Le jour de notre départ de Rome, Anita et Roberto insistèrent pour nous accompagner à l'aéroport, mes parents et moi :

– Les amis de notre neveu sont les nôtres, avait décidé Anita. Et puis, vous, vous marquez bien. Si vous saviez ce que Vincent nous a ramené à la maison. Un type recherché par la police, une femme de mauvaise vie…

Roberto, au volant de son Alfa Romeo, ordonna alors à sa femme de se taire pour prendre le relais :

– Et votre de Gaulle, il fait le poids ?

– Oh ! oui, se contenta de répondre mon père que les discussions politiques mettaient généralement mal à l'aise.

– On en raconte une fameuse en Italie sur votre de Gaulle, poursuivit Roberto. Il paraîtrait que sans Hitler, il serait encore en train de jouer à la canasta !

– La canasta ? releva ma mère inculte.

– C'est un jeu de cartes, madame, conclut Vincent. Il suffit d'avoir tous les 2 en main pour gagner.

J'attendis impatiemment septembre pour revoir Vincent mais surtout ses maîtresses devenues obsédantes, décrites sous tous les angles. Septembre arriva, je revis Vincent mais jamais les filles.

– Je t'ai baratiné, Albert. Moi aussi, je le fais tout seul.

A la fin de l'année scolaire, personne ne s'étonna de nos échecs respectifs à nos différents examens. Il fut prouvé, une fois de plus, que nous n'étions bons qu'à jouer de la musique. Nous avions gaspillé ces neuf mois au cinéma, dans les discothèques, surprises-parties où Vincent chapardait des vestes en mouton retourné, nous épuisant déjà à suivre les filles dans les rues, de la sortie de leur lycée jusqu'à chez elles. Une grande fille, trop grande pour nous – elle nous dépassait au moins d'une tête –, nous avait bien eus comme ça. Au bout de dix minutes de filature, nous l'avions vue entrer dans une crémerie de la rue du Rocher pour ne plus en sortir. Nous avions pensé, au début, qu'elle allait acheter deux œufs et réapparaître, ne déduisant que très tard, à la fermeture de la crémerie, qu'elle devait être la fille des commerçants.

Filles du parc Monceau, du square Pereire, que nous abordions en patins à roulettes au risque de tomber et de les entraîner dans notre chute, parfois jolies, parfois simplement consentantes pour un baiser, rien de plus, un baiser d'enfant. Elles étaient loin de valoir, bien sûr, nos amours italiennes que nous nous inventions avec application avant notre retour là-bas. Anita et Roberto nous invitaient à passer l'été chez eux à Rome puis en Calabre où ils possédaient une vaste maison près de la mer. Malgré nos médiocres résultats scolaires, nos parents baissèrent les bras : il était trop tard.

A Rome, Daniela s'était fiancée à un jeune facteur, on ne la croisait plus, villa Borghese, que pendue au bras de cet imbécile. En Calabre, Vincent connaissait tout le monde. Nous réussîmes grâce à lui à nous introduire dans une bande de garçons et filles de nos âges, la « committiva » de Reggio de Calabre, où tous bientôt nous avaient adoptés.

Je me souviens de cette ville à demi morte, de ses cafés vides, de son Corso si sévère, cette ville à qui seule la mer donnait une couleur.

Anita et Roberto écoutaient avec plaisir et patience le récit que nous leur faisions de nos bonheurs immédiats.

– Mais Albert commence à parler italien ! déclara un jour, fier de moi, l'oncle Roberto.

J'avais gagné son amitié et son estime. Il m'apprit à tirer au pistolet et à la carabine, carabine qu'il gardait toujours à portée de sa main et dont, nous le savions, il n'hésiterait pas à se servir.

Je connus la famille de Roberto, cette tribu calabraise qu'il cachait d'ordinaire aux étrangers, un frère obsédé sexuel, quatre sœurs névrosées dont une veuve et deux vierges qui ne se rendaient jamais à un enterrement avant une longue séance chez le coiffeur et une autre plus longue encore à se disputer des robes élégantes.

Je me souviens de ces enterrements d'une gaieté communicative, franchement joyeux où Vincent me traînait dans l'intention de séduire la petite-fille ou la petite-nièce du défunt. Je revois ces fêtes nocturnes, soirées d'anniversaires, où nous dansions, où elles dansaient avec nous, ajoutant un « o » à nos deux prénoms, nos petites Italiennes, une voyelle afin que l'on ne regrette rien.

« Pas de couple fixe ! Tournez ! Changez ! » nous faisaient jurer leurs mères si, par malheur, elles passaient leurs têtes à travers la porte de la grande pièce de réception. « Trop de danses lentes », se plaignaientelles. Les pauvres femmes nous apportaient toujours des disques de rock and roll que nous prenions la précaution, Vincent et moi, de cacher ou de faire disparaître.

Deux étés passèrent ainsi, rigoureusement identiques, deux fois juillet et deux fois août, quatre mois au terme desquels nous ne « le » faisions plus tout seuls.

A la rentrée des secondes vacances, mon amitié avec Vincent perdit provisoirement son sens. Les parents de mon presque frère étaient convenus de se séparer. Serge, que l'on appelait familièrement Spencer et qui travaillait aux Affaires étrangères, était nommé à Vienne. Il profita de l'occasion pour rompre avec Lea, sa femme. Sans éclats ni discours. Trop de temps mort entre eux. Lea, que la solitude indisposait, s'en irait vivre chez Anita et Roberto à Rome. Vincent, lui, partagerait son existence entre les deux divorcés.

A dix-sept et dix-neuf ans, un éloignement de cet ordre signifia pour chacun de nous une disparition. Nous entrâmes séparément dans nos années de musique, années blanches et nulles que quelques femmes vinrent éclairer ou assombrir davantage, années au fil desquelles nous abandonnions tous les deux, et sans nouvelles l'un de l'autre, ambition ou grande carrière pour nous diriger vers la variété.

Dominique entra dans ma vie et moi dans ce music-hall de la rue Blanche. Je dus attendre treize années donc, le début de l'été 1976, nous formions un nouvel orchestre au théâtre, pour retrouver mon Vincent.

Janvion, cette fois, avait tenu lui-même à procéder à une audition des musiciens. Vincent se présentait comme trompettiste, je l'engageai sans l'obliger à jouer la moindre note.

– Vous répondez de lui ? me demanda Janvion.

– Ne vous inquiétez pas, monsieur. Vincent Lamar c'est quelqu'un.

Il n'avait pas changé, peut-être avait-il minci, s'était-il allongé encore un peu ? Il ne manifesta aucune surprise à me rencontrer dans ces circonstances.

– Alors, c'est toi le chef, maintenant ? se contenta-t-il de me lancer en rangeant son instrument.

Nous nous étions réfugiés, après l'audition, dans ce même café du boulevard de Clichy que l'on avait déjà transformé en pub anglais pour couche-tard et insomniaques.

– Tu es bien sûr de ne l'avoir jamais vue ? Tu as bien cherché ?

J'en étais encore à interroger Vincent ; nous avions visiblement oublié l'heure, nos montres, Dominique et Nathalie. Nous avions abusé de cette fille, nous en servant comme d'un prétexte, vague alibi d'une nuit incertaine.

Vincent ne répondait même pas à mes questions, il discourait inlassablement sur sa vie d'artiste, dialoguait avec sa bouteille, puis il utilisait ses doigts pour imiter la forme de la trompette et se croyait brusquement en scène devant une audience de choix, il passait alors une main dans ses cheveux pour paraître plus présentable, prêt à attaquer un premier morceau.

Si je cessais cependant de rappeler la visiteuse, il y revenait lui-même :

– Tu as remarqué ses yeux, Albert ? Cette façon qu'elle avait de me fixer ?

Je préférais me taire à mon tour. Vincent me semblait suffisamment bouleversé. De plus, il était maintenant tout à fait ivre, une ivresse de musicien raté, trompettiste aigri en mal de cachet à qui l'alcool rend un mauvais service.

– Et Janvion ? Tu crois qu'il a pu la croiser dans les coulisses ? Que Maggy va le prévenir pour la couleur de l'imper ?

– Non, Vincent. Enfin, de toute manière, on peut toujours s'arranger avec Maggy…

– C'est vrai. Fais-moi penser demain à lui acheter des fleurs ou des pâtes de fruits.

– Nous sommes demain, Vincent.

Au petit jour, le patron du pub anglais qui nous connaissait bien, nous supplia de partir :

– Soyez chic, monsieur Albert, vous êtes les derniers. Le serveur s'est endormi en cuisine, je dois fermer maintenant…

Il neigeait, ce qui n'est pas fréquent pour une fin septembre.

– Tu me ramènes ?

Je raccompagnai Vincent en roulant comme un vieux taxi prudent à vingt ou trente à l'heure, laissant filer le compteur imaginaire. Dans ma voiture, une Renault que les enfants m'avaient obligé à repeindre en rouge, Vincent s'était mis à somnoler ; cela ne l'empêchait pas de me parler encore un peu, si faiblement que certains mots m'échappèrent :

– Pourquoi je me suis si mal conduit, Albert ? Nous aurions pu l'inviter à boire un verre, cette fille, au lieu de lui rire au nez. Qu'est-ce que tu aurais fait à ma place ?

– J'aurais ri, comme toi.

– Ce n'est pas drôle, cette fille a peut-être perdu quelqu'un.

– Puisque tu ne l'as jamais vue, que l'on n'a aucune preuve…

– Des preuves, des preuves ! Il n'y a pas que les preuves qui comptent, Albert. Elle connaît l'adresse du théâtre, maintenant, elle sait où est ta loge… Et si elle revenait ?

– Elle ne reviendra pas.

– Pourquoi, qu'est-ce que tu lui as dit ?

– Rien de particulier mais je t'assure, elle ne reviendra pas.

– Comment ça ? releva Vincent. (Il avait rouvert ses yeux, rajusté sa cravate.) Tu as l'air bien sûr de toi. Tu ne l'aurais pas tuée quand même ?

Je pris ça pour de l'humour, le déposai devant la porte de son immeuble.

– Tu es un type formidable, Albert. Tu gardes ça pour toi, tu jures. La fille, la nuit. Pas un mot à Nathalie. Sur ta tête, jure !

– Sur ma tête.

Je m'aperçus, en rentrant enfin chez moi, que je n'avais rien ou presque rien à dire, n'ayant même pas réussi à arracher à mon ami un bout de confession, une trace ou une piste quelconques. Rien d'autre vraiment que cette allure, ce parfum de mauvaise blague, comme je l'avais espéré, au début. En vain. En vain car Vincent avait peur. J'imaginais comme tout le monde qu'il était facile de supprimer quelqu'un, qu'il suffisait d'un moment propice, instant de faiblesse ou de colère, une inattention ou une négligence, que l'on courait parfois un risque important en remuant une vie, rien qu'en tâtant le terrain, que l'on finissait par découvrir souvent, et en chacun de nous, une rayure sur la carte, comme un point noir sur un visage, ineffaçable.

Je choisis de monter mes trois étages à pied, notre ascenseur est vieux, il fait un bruit d'enfer. Je pris soin d'ôter mes chaussures avant de pénétrer dans l'appartement afin de ne réveiller personne. Je posai mes affaires. J'ouvris ensuite machinalement le placard de la lingerie et celui du vestibule, vérifiant à tout hasard si le fantôme de cette fille ne s'était pas glissé à l'intérieur. Je compris ainsi qu'elle commençait à me hanter, que Vincent, une fois de plus, me proposait le partage.

Nous aimions, adolescents, tomber dans les mêmes bras, salir les mêmes chemises, attraper les mêmes maladies. Histoire de comparer l'effet produit, de nous assurer que nous réagissions au plaisir et à la douleur, au froid et au chaud, de la même manière. Cette fille me forcerait à remonter le temps, il me fallait savoir à tout prix à quoi mon ami Vincent avait pu être mêlé sans moi.

Je n'avais hérité de nos treize années en solitaire que des noms de femmes ou de villes étrangères. Peu de prénoms pour être franc, deux seuls pays : l'Italie de Lea, l'Autriche de Spencer. Nous considérions, Vincent et moi, ces années comme des voisines du zéro, le zéro du jeu de la roulette. Lorsque l'on tend, en effet, neuf pièces au chef de table d'un air entendu, « zéro et voisins » enregistre-t-il sans même consulter ou dévisager le parieur.

Le zéro à la roulette apparaît comme un chiffre muet et silencieux, chiffre fatal qui ruine les flambeurs et annule les martingales mais à quoi bon expliquer les règles d'un jeu aussi absurde où tout enseignement tiré ne vaut rien que des ennuis supplémentaires ?

Nous avions rangé nos jetons dans nos poches, indifférents aux années passées. Nous n'avions touché aucun numéro en plein, gagnant seulement aux chances simples. Nous n'avions prévu ni l'un ni l'autre qu'une inconnue viendrait nous réveiller, nous ordonnant à voix basse de miser sur elle toute une fortune, de gratter le fond de nos poches afin d'y extraire les vieux jetons qui nous restaient, plus les autres, innombrables, distribués trop largement : « merci pour le personnel ! ».

Dominique dormait paisiblement sur le côté, je m'enfouis dans le lit, m'installant sur le dos, n'étant pas sûr de trouver le sommeil. J'avais un peu faim, un peu froid, la tête lourde, écrasée contre l'oreiller dont la taie venait d'être changée. Je me décidai d'épeler Tchécoslovaquie à l'envers comme je l'avais vu faire dans un film américain.

Je me fixais souvent des rendez-vous durant mon sommeil. Je pouvais ainsi courir d'un point à un autre, réglant les affaires de ma journée écoulée, rattrapant des erreurs de tir ou de parcours. Dominique, Vincent, personne n'en savait rien. Rendez-vous amoureux où j'attendais parfois bien longtemps la femme désirée. Quand elle arrivait, finalement, la nuit achevée, le peu de lumière qui s'échappait des rideaux de ma chambre, le remue-ménage qu'organisait Raoul dans les pièces voisines, suffisaient à l'effaroucher. La fille me faussait compagnie sans même s'excuser, je n'avais plus qu'à me lever.

En quelques jours, Raoul était devenu le personnage le plus important de toute la maison. Nous partagions avec Dominique le sentiment que l'inactivité de son père, ajoutée à son veuvage, avait libéré chez lui toutes sortes d'interdits. Il se permettait des gestes déplacés à table, devant les enfants, lançait quelques gros mots tout à fait gratuitement mêlant Dieu et excréments de tous genres. Cela amusait beaucoup Muriel et Guillaume qui n'en réclamaient pas tant pour hisser leur grand-père au rang d'idole et d'homme supérieur.

Raoul passait le plus clair de son temps à surveiller le travail domestique de sa fille, relevant de la poussière sur un meuble, brandissant, fier de lui, un cendrier plein. Il discutait des matinées entières sur le palier avec les démarcheurs, finissait par leur acheter n'importe quoi d'inutile et de coûteux :

– Mais puisque je vous l'offre ! nous disait-il.

Il nous abonnait ainsi à des revues d'économie, à des clubs de livres ou de rencontres mais il y avait plus grave : il s'enfermait des heures dans la cuisine, en l'absence de Dominique, pour jeter dans la cour de vieux citrons qu'il avait laissés pourrir, visant à la tête – Raoul était adroit – la petite-fille de la gardienne de notre immeuble. Nous fûmes bientôt contraints de le punir, le privant de sucreries, d'émissions sportives à la télévision, une autre fois de music-hall. J'avais promis, en effet, à Raoul de l'inviter à la dernière de l'imitateur Piero. Dominique m'obligea elle-même à y renoncer.

Au théâtre, on avait feint d'oublier la visite de la fille à l'imperméable, on répétait déjà les enchaînements, les éclairages du nouveau spectacle dont nous, les musiciens, étions exclus d'avance : un grand chanteur franco-belge effectuait son retour à la scène, accompagné d'un seul pianiste. Trente chansons sans même un entracte, décision qui attira à Janvion les foudres des vendeuses d'esquimaux et des barmaids du music-hall.

Mon enquête proprement dite commença donc plus tôt que je ne l'avais imaginé. Qu'avais-je de mieux à faire ? Aujourd'hui, bien sûr, je saurais définir plus nettement mon vrai mobile mais je me souviens d'avoir agi au début sans raison sérieuse, assez brutalement, comme n'importe qui d'un peu curieux et de désœuvré. J'aurais sans doute lâché prise si j'avais senti qu'il n'y avait rien à prendre, mais cela, Vincent commit l'erreur de ne pas le mesurer. Durant les quelques jours qui suivirent notre nuit blanche, mon ami ne fit que m'éviter, se fabriquant des horaires d'homme pressé pour filer après le spectacle sans passer par ma loge, me certifiant que Nathalie était souffrante afin d'annuler un dîner.

Il eut bien tort de se dérober ainsi, il aurait mieux valu qu'il consente à négocier avec moi, qu'il retrouve ou simplement invente une morte dans sa vie avant de m'avouer : « J'ai tué la sœur de cette fille… » Quelques détails m'auraient suffi, quelques repères et nous aurions fini d'en parler.

Vincent s'était cru le plus fort. Son attitude fuyante et désinvolte m'autorisait, me dictait presque d'entreprendre les premières recherches.

Avant Nathalie, je savais que Vincent avait vécu deux ans avec une jeune publiciste. Elle s'appelait Marion Ravène, j'ignorais son âge, à quoi seulement elle ressemblait, les raisons mêmes de sa rupture avec Vincent mais Marion était la plus proche de moi, la plus accessible, elle habitait sans doute encore la capitale et commencer par elle me faciliterait la tâche. Je téléphonai aux différents Ravène du bottin, il n'y en avait que six, passant ces coups de fil d'une cabine publique. Mon troisième correspondant se révéla être le père de Marion, il n'opposa aucune résistance à me communiquer la nouvelle adresse de sa fille, toutes les coordonnées nécessaires.

Je ne mis pas très longtemps à la retrouver, mariée honorablement à un industriel du textile, mère d'un enfant sensiblement plus vieux que mon Guillaume, un petit monstre casseur de porcelaine qui m'ouvrit lui-même la porte, ce matin-là. Marion avait souhaité me recevoir de très bonne heure, se méfiant peut-être de moi, comptant sur la présence imposante de son mari. J'avais dû tromper Dominique pour quitter la maison si tôt, prétextant une séance de mixage aux studios de Boulogne.

Au téléphone, je m'étais d'abord présenté comme un vague cousin de Vincent, balbutiant et timide :

– Je viens d'arriver à Paris, il est la seule personne que je connaisse…

– Je ne m'appelle plus Ravène mais Schuster. Je n'ai pas vu Vincent Lamar depuis sept ou huit ans, je suis désolée…

Il m'avait fallu changer de ton pour la retenir, l'empêcher de raccrocher. La persuader enfin de l'importance de ma démarche :

– Vincent a été accusé de meurtre, madame.

Je patientai près d'une demi-heure au salon, avec cet enfant qui me mangeait des yeux. J'entendais des rires, provenant du fond de l'appartement, un appartement immense, cossu, dont les fenêtres donnaient sur le bois à Neuilly.

Je me crus obligé d'engager la conversation avec le gamin indéracinable :

– Tu ne vas pas à l'école, aujourd'hui ?

– C'est mercredi.

– Bien sûr. Tu es en quelle classe ?

– Je sais pas, moi.

L'enfant encore à la maternelle, ma question n'avait aucun sens.

– Tu penses que je vais attendre ta maman, longtemps ?

– Je sais pas, moi, répondit-il (il s'était enfoncé dans un fauteuil d'époque). Là, maman et papa couchent, ils couchent maman et papa !

– Comme chaque nuit, oui, c'est tout à fait normal. Tous les parents de tous les enfants…

– T'as pas compris, toi, fit-il comme Guillaume qui répétait les pronoms en double. Ils baisent. Papa monte sur maman dans le lit. C'est long.

Un domestique entra dans la pièce, me proposa une tasse de café que je préférai refuser. Je vis le gamin se lever brusquement, déranger des objets, certains fragiles, sur le buffet, avant d'en détruire un.

– Ramasse ! ordonna-t-il au valet de chambre qui s'exécuta sans sourciller.

Ravi, l'enfant retourna jouer dans le couloir.

Mon entretien avec Marion fut bref et peu enrichissant. Son mari près d'elle, un grand type flasque qui devait se laisser grossir par manque de caractère, je n'osai aborder l'exacte nature de ses rapports avec Vincent. J'essayai d'imaginer vainement Marion sept ans plus tôt. Marion Ravène et non Schuster. Elle m'inspirait aujourd'hui à la fois désir et dégoût, son corps avait probablement beaucoup travaillé, déjà trop servi.

– Vincent aurait tué quelqu'un ? reprit-elle. Et vous ne savez même pas qui ?

– Je ne peux rien affirmer… ce ne sont que des suppositions.

– Vous êtes de la police, au moins ?

– Non, rien qu'un ami. Un ami de Vincent.

– Ah ! oui. Et où est-il Vincent ? Il aurait pu vous accompagner.

Je mentis, lui racontai que j'avais perdu sa trace.

– Votre histoire ne tient pas debout, cher monsieur ! Si vous croyez que je vais avaler ça…

Marion se moquait de moi, je la crus prête à fournir à Vincent toutes sortes d'alibis. J'adoptai, alors, un langage policier, presque servile :

– Pardonnez-moi cette question délicate mais, avant vous, avant votre liaison avec lui, vous connaissiez celle qui partageait sa vie ?

Schuster, installé à ses côtés sur le canapé de cuir, déplia ses jambes. Il laissa échapper un soupir de soulagement comme s'il avait craint que je ne pousse sa femme trop loin.

– Avant, me répondit-elle, il n'était pas parisien. Il vivait à l'étranger entre Rome et Vienne. Ses parents sont divorcés.

– Et pendant vos deux années de vie commune…

– Un peu plus de deux ans…

– … Oui, vous n'avez rien remarqué en lui d'étrange, quelque chose qu'il vous aurait caché ?

– Vincent m'était très fidèle si c'est ce que vous vouliez savoir.

Je compris rapidement que je n'obtiendrais de Marion ni secrets ni révélations. Sans regret, je pris congé de ce couple moderne, ces deux êtres moins dépareillés l'un l'autre qu'ils ne le paraissaient, n'oubliant pas de tapoter la joue de leur fils revenu parmi nous.

– Ne le touchez pas, surtout pas ! s'écria Schuster dont ce furent les premiers et derniers mots en ma présence.

Je ne m'étais pas garé très loin sur l'avenue déserte ; je montai dans ma voiture, sortis un calepin de ma poche pour y barrer le nom de Marion avant de démarrer. Je ralentis en passant devant le Royaume des bois, cabaret insolite où je m'étais produit autrefois contre des cachets dérisoires, le patron comptait l'argent en anciens francs pour nous embrouiller.

J'empruntai le boulevard périphérique dans l'espoir de perdre un peu de temps, un bon embouteillage m'aurait bien arrangé : j'adressai des signes aux camionneurs afin qu'ils n'hésitent pas à me doubler. J'arrivai devant chez moi peu après les informations de onze heures, je mis la Renault au parking – je loue, dans un immeuble voisin, un box qui me revient assez cher. Je fis quelques pas pour chasser mes fourmis, traversant au carrefour Motte-Piquet-Suffren dans la seule intention d'acheter des journaux. J'aperçus alors Dominique. Elle sortait de la boulangerie, un panier vide à chaque main. J'eus la curieuse idée de la suivre, je savais que ma femme ne se retournait jamais dans la rue.

Je réussis à la filer toute la fin de la matinée, observant ses gestes, surveillant ses achats. Elle courut jusqu'au Monoprix du boulevard de Grenelle, y trouva de quoi remplir ses sacs. Elle effectua le détour du boucher et des cigarettes. Dominique ne risquait pas de me voir, elle accomplissait sa tournée des commerçants avec un sérieux, une organisation très étudiée, presque inquiétante, discutant le prix de la livre d'endives comme l'avenir d'un pays en guerre.

Nous ne rencontrions jamais Vincent et Nathalie dans les rues de leur quartier qui était pourtant le nôtre. J'avais expliqué à Dominique qu'ils restaient parfois des journées entières à s'aimer dans leur lit. « Et qu'est-ce qu'ils mangent ? m'avait demandé ma femme. Ils n'ont jamais faim. Avec quoi, elle le nettoie son appartement, Nathalie ? Il faut en faire des courses, des choses pour tenir une maison ! » Après quoi, Dominique prétendait qu'elle n'avait pas le temps d'être jolie. Elle n'était plus bien sûr le mannequin de l'agence Rety, que j'avais connu jadis, mais belle encore, toujours cette manie qui est la mienne d'affectionner les défauts des gens. Je me débrouillais, lui évitant de flairer mes rares et brèves aventures, trop ternes pour leur accorder la moindre importance. J'aimais Dominique pour avoir appris à m'ennuyer avec elle les soirs de relâche au théâtre. Elle me reprochait seulement quand je l'emmenais danser de ne regarder que son sac de peur qu'on le lui vole,

J'attendis qu'elle disparaisse complètement dans l'immeuble pour rentrer chez nous.

A la maison, Raoul, que Dominique avait chargé de garder les enfants, s'était à nouveau distingué. Il avait collé tout d'abord à la porte de notre appartement un carton blanc sur lequel il avait inscrit : *Chez Raoul*. Il avait réuni ensuite dans le double living, avec la complicité de Muriel et Guillaume, les différentes tables que nous possédions, y compris les guéridons et le bureau de ma chambre, les disposant de telle manière que notre salon avait pris l'allure d'une vraie salle de restaurant. Il avait ainsi déplié toutes nos nappes, posé tous nos couverts, transformant les enfants en serveurs et s'était réservé le rôle du cuisinier en chef.

Dominique découvrit qu'il avait fait cuire toute la nourriture conservée dans le garde-manger et le congélateur. La friteuse, noyée d'huile, attendait les commandes, l'eau des pâtes devait bouillir normalement. Comme seule explication, Raoul nous tendit une carte, un menu qu'il avait écrit à la main.

– Mais papa, tu es fou ?

– Eh bien, quoi ? On va enfin gagner de l'argent comme ça. Ce n'est pas bien difficile, il suffit de passer un peu de publicité dans les journaux, d'inviter quelques artistes, ça Albert s'en chargera. Et ton restaurant est lancé, ma chérie !

– Mais quel restaurant ?

Dominique prit cette incartade très au sérieux. Elle annonça brutalement à Raoul qu'il ne partirait pas pour Genève avec elle et les enfants, comme cela avait été convenu en prévision des vacances de la Toussaint.

– Qu'est-ce que tu vas dire aux parents d'Albert ? s'exclama le vieil homme, son tablier bleu bien noué autour de la taille, la scène l'avait rendu pitoyable.

– La vérité, papa !

Raoul se mit à pleurer bruyamment devant les enfants atterrés. Il nous bouda plus d'une semaine, vivant exclusivement entre les toilettes et la salle de bains. J'eus beau tenter chaque soir, en rentrant du théâtre, de l'en dissuader, Dominique ne revint pas sur sa résolution. Je n'obtins d'elle qu'une faveur, Raoul accompagnerait avec moi sa fille et ses petits-enfants à la gare, le jour de leur départ.

J'en voulus à Raoul de s'être ainsi laissé piéger. Sa présence à Paris me compliquait les choses. J'avais pensé faire coïncider ces vacances à Genève avec un voyage d'un genre différent. Je m'étais entendu avec Janvion au music-hall qui, devant le succès de son dernier spectacle, ce tour de chant assommant mais populaire, avait prolongé les représentations de quinze jours. Je m'étais plaint des bronches, assurant à Janvion que le bon air de la Suisse me ferait du bien.

– C'est vrai que vous avez vos parents là-bas…

Janvion s'en était souvenu et m'avait accordé sa permission. Je livrai la même version à Vincent afin que mon ami ne soupçonne rien.

– Tes parents ! Je croyais que vous étiez fâchés…

Vincent avait tout de même avalé mon histoire suisse. Et voilà que Raoul compromettait mes chances d'escapade. J'avais envisagé, en effet, d'aller passer quelque temps à Vienne, désireux de garder ce voyage secret. Raoul à Genève avec elle, Dominique n'en aurait rien su. Nous avions perdu l'habitude de vérifier la vie l'un de l'autre. Mentir par omission m'aurait été bien agréable. Pour Raoul, je dus me préparer, établir un vrai plan comme un cambrioleur ou un mari léger. Je m'envoyai un télégramme rédigé très minutieusement, signé d'une maison de disques allemande pour laquelle j'avais déjà travaillé dans le passé.

Le texte du faux télégramme me donnait six jours. On avait besoin de moi pour un enregistrement à la va-vite de succès internationaux, des standards.

Raoul détesta ce message. Il sembla pourtant me croire comme m'avait cru Vincent dans un autre mensonge. Je mesurai le vrai pouvoir de ces mensonges. Ils vous remplissent, une fois lâchés, d'un bonheur unique, d'une force imprévue.

J'éprouvais bien sûr quelque crainte à laisser la maison à Raoul mais je n'avais guère le choix. J'étais devenu impatient, impatient et indiscret.

2

Elle portait un nom de manteau ou presque. Elle ressemblait à son nom, Irina Laden, trop belle pour être tout à fait vraie, tout à fait en vie.

Elle se droguait beaucoup, à l'époque, pour nous regarder si tendrement, subir nos désirs et nos caprices sans poser la moindre condition. Nous pensions qu'elle nous aimait, Irina Laden, mais elle jouait seulement. Nous aurions volontiers signé un pacte, laissé nos initiales en bas d'une feuille blanche pour ne pas la perdre. Signature que nous aurions revêtu de la mention classique : lu sans rien lire, approuvé sans rien savoir.

Irina se croyait douée pour la danse. Elle était déjà bien trop lourde, presque trop vieille à vingt-quatre ans, mais nous n'avions voulu ni la vexer ni la décourager pour autant. Elle trouvait des engagements en Europe, en Allemagne surtout et aux Pays-Bas. Elle nous racontait que les producteurs, avant de lui proposer un rôle dans leur spectacle, lui demandaient toujours de leur montrer ses bras, ses veines. « Les bras seulement ? » Irina ôtait son chemisier, sa robe, elle se déshabillait parfois complètement afin qu'ils oublient l'essentiel, de constater si les piqûres ne l'avaient pas trop abîmée : « Rassurez-vous, je suis en état. » Elle exécutait, nue, quelques pas de danse. On la forçait souvent à recevoir et à aimer vite et mal ces hommes « du métier » qui lui parlaient de tournées à travers le monde, d'argent et de succès. Elle ne leur refusait rien. Il arrivait qu'une autre fille la caresse et qu'elle aime la fille devant eux si cela leur plaisait.

Nous nous étions persuadés de la sortir de là, la suppliant de tout abandonner, de nous rejoindre à Paris, dès notre retour de Calabre.

– Vous êtes des enfants, nous disait Irina. Deux enfants. Venez plutôt, vous. Venez me voir à Vienne. J'ai des amies là-bas, Maya, les sœurs Galetz, d'autres encore…

Nous avions vécu avec elle trois jours à Rome, Vincent et moi. Dans la chambre de son hôtel de la via Frattina où elle regrettait de ne pas avoir de baignoire et se plaignait de la qualité déplorable du service.

– Une heure pour le petit déjeuner ! C'est parce qu'ils n'ont même pas de cuisine, qu'ils vont chercher les plateaux au café de la piazza di Spagna. Résultat : ils t'apportent ton thé froid !

Nous l'aimions sans douter de chacune de ses affirmations. Elle s'était même inventé une double nationalité : Canadienne-Russe. Elle parlait plusieurs langues mais nous avait prévenus au début, quand nous l'avions abordée chez le marchand de glaces, qu'elle ne connaissait pas la nôtre, nous autorisant ainsi à ne rien nous cacher de nos intentions. Nous marchions tous les trois, via Condotti dans le centre de Rome, échangeant Vincent et moi nos impressions sur son corps, sa bouche, nos envies d'elle, quand elle s'adressa à nous en français pour la première fois.

– Vous voulez coucher avec moi ? C'est d'accord. A

une seule condition, je vous emmène tous les deux, tous les deux ensemble.

J'eus peur. Peur d'avoir affaire à une folle, à une femme qui aimait trop ça, qui, pour un peu, s'en vanterait. Je me mis à trembler, communiquant avec Vincent par mon seul regard. Les yeux de Vincent étaient moins lâches. Je n'aurais jamais fait l'amour à Irina sans ces yeux-là.

Dans sa chambre d'hôtel, Irina que nous avions rencontrée depuis moins d'une heure, alluma toutes les lumières même celle de la salle de douches dont la porte resta pourtant fermée. Elle fit glisser ses vêtements très machinalement, en quelques gestes appliqués. Nous désigna le lit :

– On ne rentre pas dedans. J'ai horreur après…

Nous exécutions ses ordres par crainte qu'elle change d'avis, qu'elle se rhabille trop vite, sonne un « cameriere » et nous jette dehors.

Après trois jours et tant de fois, Irina nous demanda de lui rendre un service. Il s'agissait d'attendre un homme devant la poste de la place San Silvestro, terminus de la plupart des autobus de Rome. L'homme, un Français que nous n'aurions aucun mal à comprendre, nous remettrait un paquet pour elle.

– Si vous me le rapportez, il y aura d'autres fois, nous avait promis Irina.

Il y avait de la neige dans ce colis, de la poudre, de l'héroïne pure. Elle nous avait bien avertis, ne nous prenait pas en traîtres.

Nous arrivâmes au rendez-vous en avance, Vincent et moi, inséparables. L'homme, un type très banal, seuls les cheveux un peu longs pour l'époque, fut à l'heure.

– Nous venons de la part d'Irina.

Le type avait ri.

– Deux gosses !

– N'insiste pas, dis-je à Vincent. Tirons-nous, ça vaut mieux.

Mais Vincent n'avait pas eu assez d'Irina, il connaissait le prix, maintenant, et commença à s'énerver :

– J'ai dix-sept ans, monsieur et mon ami Albert dix-neuf !

– Des gosses ! Elle se tape des gosses, on aura tout vu !

– Donnez-moi ce paquet, s'écria Vincent. Donnez-le-moi, sinon…

– Sinon quoi, imbécile ? Tu vas chercher ta mère peut-être ou la police ? Tu imagines combien ça coûte ce qu'il y a là-dedans ? Donner ça à deux gosses !

Le type se moquait de nous, il ne voulut rien entendre, entra soudain dans la poste et disparut parmi les clients.

Je savais bien que nous avions tort de retourner à l'hôtel mais ce fut plus fort que nous. Les mains vides, nous étions redevenus pour Irina des étrangers, des enfants. Nuisibles.

Nous avions perdu et Vincent me déclara qu'il haïssait son âge.

Peut-être Vincent avait-il revu Irina à Vienne ? Irina ou une autre, Maya, les sœurs Galetz ?

J'avais pris un avion du matin afin de profiter pleinement de ces six jours et puis, pour moins de temps, les compagnies aériennes ne font pas bénéficier leurs clients de leurs tarifs spéciaux.

A Vienne, l'aéroport n'est pas trop éloigné de la ville, je montai dans un taxi, donnant au chauffeur la seule adresse que je possédais, celle du père de Vincent. J'avais préféré ne pas l'avertir depuis Paris, choisissant d'arriver par hasard, comme une surprise.

Envoyé à Vienne pour sa profession au début des années soixante, Spencer avait réussi à ne plus quitter ce pays qui le rassurait. Je ne l'avais pas revu depuis, je n'avais de ses nouvelles que par Vincent. Je le savais remarié à une jeune Autrichienne, Milena, un professeur de danse ; je le savais surtout très différent de son fils. Même physique sans faille mais un caractère radicalement opposé. Spencer était un homme tranquille et rangé, un anonyme en voie de résignation. Sa séparation d'avec la mère de Vincent ne s'expliquait pas autrement. Lea exigeait bien trop de choses, elle aimait un autre Spencer, inconnu, introuvable.

Pour Milena, il avait appris l'allemand, les habitudes de Vienne. En contrepartie, elle lui avait enseigné quelques pas de claquettes, il n'hésitait jamais à exécuter son numéro à la fin d'un repas devant le cercle restreint de leurs amis.

Serge et Milena habitaient au dernier étage d'un immeuble ancien, derrière Stephansplatz, dans une rue piétonne : « Nicht go here ! » décréta le chauffeur du taxi dans un anglais très approximatif. Il m'indiqua le chemin, je ne risquais pas de me tromper.

Milena m'ouvrit la porte au premier coup de sonnette.

– Vous parlez français ?

– Bien sûr, me répondit la jeune femme, toute menue dans sa robe sable, des yeux immenses, très clairs, les cheveux, la frange des cheveux dans les yeux. Mais ne restez pas là, entrez.

– Je suis…

– Un ami de Vincent, c'est bien normal. Je pense que nous devons pouvoir vous loger. Vous êtes à Vienne de passage ?

– Quelques jours seulement mais je ne comptais pas m'inviter…

– C'est moi qui vous invite. Vous vous appelez Albert, n'est-ce pas ?

Je découvris l'appartement de Spencer, pièces nombreuses mais petites, il ressemblait à un appartement de théâtre, décor que l'on aurait oublié d'enlever ou de détruire à la fin des représentations : meubles en bois, du bois partout, trop vernis, trop brillants pour être de bonne qualité. Milena me montra qu'en redressant légèrement la tête, on distinguait sans mal l'église de la place par la fenêtre du salon :

– Nous avons une belle vue, non ? C'est bien notre seul luxe.

Elle s'occupa de ranger ma valise dans la chambre qui m'était destinée :

– Vous n'aurez pas à vous plaindre du lit…

Elle insista pour que je l'essaye, puis m'entraînant dans la cuisine qui leur servait de salle à manger, elle me prépara du café :

– Spencer rentre à midi et demi pour le déjeuner. On lui fiche la paix, maintenant. Une paix de roi.

– On peut dire royale.

Je compris que Milena me connaissait à travers Vincent. Sans doute, leur écrivait-il souvent ? Je voulus lui parler de mon ami, elle m'interrompit aussitôt :

– Spencer a de la peine, vous savez. Il n'est pas venu

depuis trois ans. Nous n'avons vu sa femme qu'une seule fois. Elle est belle, non ? Toujours actrice ?

– Oui, des petits rôles. Elle a doublé récemment la voix d'une grosse vedette dans une série américaine. L'émission a eu beaucoup de succès à la télévision.

Elle me demanda des nouvelles de Dominique, de nos enfants dont elle n'ignorait ni l'existence ni les prénoms :

– Vous les avez laissés à Paris ?

– Ils sont en Suisse chez mes parents. Je devais me rendre en Allemagne, à Hambourg, pour des séances d'enregistrement mais tout a été annulé au dernier moment.

Milena parut désolée, elle s'inquiéta du manque à gagner que représentait ce désappointement.

– J'avais six jours à perdre, vous comprenez…

– Et Vincent ?

– Je n'ai rien dit à Vincent de ce voyage.

– Vous n'êtes pas fâchés au moins, une belle amitié comme la vôtre, ce serait dommage ?

– Vincent restera toujours mon meilleur ami, madame.

– Ne m'appelez pas madame, Albert, je suis plus jeune que vous.

Spencer arriva à midi trente, comme prévu.

– Nous avons un invité, Serge, tu ne vas pas être déçu.

Quand il m'aperçut dans l'entrée de son appartement, Spencer demeura interdit. Il échangea quelques mots d'allemand avec sa femme dont un seul me sembla familier. Je n'avais aucun mérite, il s'agissait de mon propre nom, invariable dans leur langue :

– Albert ! Albert ! répéta Spencer plusieurs fois. (Il s'était jeté dans mes bras, m'avait serré tout contre lui.) Albert, comme c'est drôle, je ne vous avais pas remis. On s'embrasse, non ? (Son visage avait retrouvé ses couleurs, ses expressions.) Je vous pince, Albert, permettez-moi de vous pincer pour être sûr.

Je l'aurais reconnu plus facilement. Serge s'était épaissi, il avait perdu l'élégance naturelle qui lui avait valu son surnom, mais il avait conservé l'essentiel, ce sourire enfantin presque idiot qui suffisait à vous désarmer.

Après le déjeuner que je dus partager avec eux sans protester, Milena s'éclipsa dans sa chambre afin de passer des vêtements plus chauds. Elle donnait ses cours de claquettes tous les après-midi à l'autre bout de la ville.

– Je ne reprends pas avant trois heures, m'apprit Spencer.

Il regardait sa femme se dépêcher, se couvrir, soigner sa tenue. Ils s'embrassaient comme de vrais amoureux.

Le nom de Vincent n'avait jamais disparu de la conversation mais c'était le Vincent d'il y a vingt ans, le Vincent italien, affectueux et présent.

Quand il fut l'heure, Spencer me proposa de marcher avec lui jusqu'à l'ambassade :

– Il faut vous dégourdir les jambes, Albert. Après vous aurez quartier libre, enfin jusqu'à ce soir, ironisa-t-il.

Au moment de nous séparer, il me confia une clé de chez lui :

– De toute façon, je n'en ai pas besoin. Milena est toujours rentrée.

Je n'avais pas osé lui poser mes questions, lui tendre

mes pièges. L'accueil chaleureux du couple Lamar me défendait d'aller trop vite. J'aurais souhaité, pour gagner du temps, des gens, des témoins plus distants, moins indulgents à mon égard. Je me jurai de ne commettre aucun faux pas.

Une longue promenade dans Vienne, où je n'avais passé qu'un week-end jadis, me servit de répétition pour le dîner. Je choisis de porter une attention toute particulière à ce qui m'entourait. Je regardais les vitrines des magasins, la tête des passants, le nom des rues, les monuments, sans même les voir. Me revenaient d'autres images, le corps d'Irina après l'amour, des visages d'inconnues, ceux de Maya, des mystérieuses sœurs Galetz que je pouvais, après tout, croiser sans le savoir.

Le soir, Spencer nous emmena dans un restaurant français non loin de chez lui. Nous avions trop bu, trop ri peut-être quand je prononçai enfin le nom d'Irina Laden. Serge n'eut même pas l'air surpris, il semblait s'y attendre :

– Tu l'as aimée toi aussi, n'est-ce pas, cette Irina ? (Il s'était mis à me tutoyer.) C'était à Rome, dans cet hôtel pourri. Vincent ne m'a rien épargné. Quand il habitait avec moi, ici, il n'y en avait que pour elle.

– Alors, il a cherché à la retrouver ? Il a réussi ?

– Bien sûr, quand il voulait quelque chose, mon Vincent. Il me l'a présentée, elle a mangé plus d'une fois à la maison. Il aurait même pu l'épouser et rester à Vienne avec moi. Si tu la voyais, aujourd'hui…

– Elle vit toujours à Vienne ?

Spencer consulta sa montre pour être plus précis

– Tiens, à cette heure-ci, elle doit aider Mimi à enfiler sa robe. On joue bien *la Bohème* à l'Opéra ?

Milena répondit que oui.

– Eh bien, Irina travaille là-bas depuis quelques années. Comme costumière ou habilleuse, je ne connais pas le terme exact. C'est un peu ton domaine, ça, Albert. Quand je pense qu'elle voulait être danseuse… Remarque, c'est une bonne place, une excellente situation que pas mal de filles lui envient…

Malgré la qualité remarquable de mon sommier, je ne dormis pas de la nuit. Je respirai mal dans cet appartement trop chauffé, vraiment étouffant. L'horloge de l'église était réglée de manière à sonner chaque demi-heure pour me rappeler mon insomnie.

Je me levai le premier, retardant ma toilette pour ne déranger personne, je gagnai la cuisine. Milena m'avait laissé une thermos remplie de café et Spencer, devant la tasse qui m'était réservée, un billet de théâtre. Je vis qu'il s'agissait d'une place d'orchestre à l'Opéra, pour la représentation du soir. Le père de Vincent m'avait écrit un petit mot : « C'est un billet de faveur, je n'y vais jamais. »

Ma place retenue, j'aurais pu me permettre de n'arriver au théâtre qu'au dernier instant. Je voulus cependant attendre le lever du rideau comme les autres spectateurs moins avertis des affaires du métier, me préparant comme eux à cette sortie qui faisait figure d'événement. Je me sentais déplacé dans cet Opéra, reconstruit après la guerre, proprement mais sans risque ni imagination, éprouvant même un certain malaise, une certaine honte à m'asseoir si facilement parmi ces mélomanes silencieux. Honte de ma journée écoulée, une journée inutile, consacrée à acheter des cadeaux pour les enfants en prévision de mon retour, des jouets de marque allemande. J'avais pris soin de retirer les papiers d'emballage sur lesquels le nom du marchand, son adresse à Vienne étaient signalés en caractères gras. J'avais remercié Serge et Milena pour ce billet de faveur, leur accordant ainsi le droit de devenir mes complices d'un soir. Ils se doutaient bien que je ne me rendais pas à l'Opéra pour entendre du Puccini.

Je n'avais pas réussi à passer la porte de la coulisse : un vieux machiniste m'en avait fermement interdit l'accès, me conseillant de tenter ma chance au moment de l'entracte ou mieux encore, la représentation terminée.

Les musiciens jouèrent l'ouverture sous la conduite de leur chef, très démonstratif, à la limite de l'exhibitionnisme. Il dirigeait pourtant l'orchestre de l'Opéra de Vienne, pas le petit Opéra près de la gare, le vrai, celui où se produisent les plus grands chanteurs de l'époque. Je me découvris jaloux. Jaloux de cet homme, de sa baguette et son costume. A ses yeux, je n'étais rien. Un pantin ridicule, tout juste bon à rassembler d'autres pantins. Cet homme recevait tous les soirs des applaudissements, des témoignages d'admiration, des fleurs parfois. Il exerçait, en vérité, un métier très différent du mien ; je n'avais pas à lui en vouloir même si l'admettre m'était pénible. J'avais fait passer aussi à Dominique son goût des concerts classiques, je rayais ses disques à la maison afin de les rendre inaudibles. Depuis Raoul, heureusement, nous n'écoutions que des javas, des tangos, de la chansonnette, quelques comptines pour Muriel et Guillaume.

Le spectacle s'acheva sur une ovation du public. Je quittai mon fauteuil au milieu du troisième rappel, dérangeant mes voisins, furieux, qui me reprochèrent dans leur langue mon manque d'éducation. Je sortis du théâtre, pressé de rejoindre les coulisses :

– Irina Laden ?

Le vieux machiniste, que son âge avait dû transformer en gardien des loges, parut très surpris, presque déçu par le nom avancé. Nous communiquions par gestes et il m'autorisa à attendre Irina, montée dans la loge de la vedette. Comme chaque soir, elle emprunterait, mimait-il, l'escalier à la rampe duquel je m'étais adossé, embrasserait le vieux cerbère avant de reprendre dans son réduit sac et effets personnels.

J'attendais Irina depuis près de vingt minutes quand je la vis descendre, essoufflée, déposer deux baisers rapides sur les joues du type qui ne m'avait pas menti.

– Irina ?

Je fis un pas vers elle pour lui tendre une main idiote qu'elle serra sans même me regarder.

– Irina, je suis Albert… Ce n'est peut-être pas le moment ? Je peux revenir…

Elle me dévisagea, alors, assez longuement :

– Je ne le crois pas. Tu es l'ami de Vincent, n'est-ce pas ? Alberto ! Tu me rapportes mon paquet de la poste San Silvestro, c'est ça ?

Elle sourit et je souris avec elle :

– On boit un verre, Irina ? Tu as le temps ?

– Le temps que tu veux, Albert. Tu me donnes deux minutes…

Irina n'avait plus ses cheveux longs, sa taille de danseuse, mais elle me sembla curieusement, à plus de quarante ans, aussi belle qu'à Rome, ainsi défaite ou décousue comme on le dit d'une doublure de vêtement. J'aimais en Irina cette brutalité de rapports, moitié sauvages, moitié forcés. Elle m'expliqua plus tard qu'elle avait coupé ses cheveux si courts sans joie ni coquetterie : « Se couper les cheveux pour une femme à mon âge, cela signifie que l'on ne va plus aimer, enfin plus de la même manière. On va vers un autre genre d'amour, Albert… »

Je lui avais donné ses minutes mais elle me revint plus vite encore, son manteau enfilé de travers, son énorme sac à la main. Elle me proposa de prendre sa voiture, une Opel Kadett automatique qu'elle conduisait très nerveusement.

– Tu as peut-être faim, Irina ?

– Faim ? Tu ne crois pas que je suis assez grosse. (Elle releva sa jupe jusqu'à mi-cuisses.) Regarde !

Elle ne me demandait rien, ni comment je l'avais retrouvée ni la raison de ma présence à Vienne.

– Je ne prends plus rien, tu sais, depuis des années. J'ai même arrêté de fumer. C'est comme ça que j'ai commencé à grossir.

– Tu es très belle, Irina.

– Nous sommes tous très beaux, Albert. On va aller près de chez moi. Ils ne font que restaurant en principe mais je les connais, ils ne nous diront rien.

Elle gara sa voiture devant la brasserie :

– Viens, au sous-sol, on sera plus tranquilles.

Dans cette salle enfumée et sordide, Irina Laden me parla longtemps. De ce travail à l'Opéra dont elle avait bien dû se contenter, de ses déboires de danseuse. D'elle et de Vincent enfin comme je l'espérais :

– Il est revenu à Vienne il y a vingt ans. Il a vécu ici, chez son père. Nous nous sommes fréquentés pendant trois ans. Quel gosse, il faisait ! Il attrapait les gouttes de pluie avec sa langue pour me les rendre dans un baiser. Il rêvait de se fabriquer des sandwiches avec mes cheveux ! Et puis, un jour, l'envie de moi lui est passée. Tout d'un coup, plus rien. Ton Vincent était guéri de moi. Il restait à Rome un peu plus chaque fois, se débrouillait pour me voir pendant mes règles. Ou bien, il me racontait, tu vas rire, qu'il était malade ou malheureux, qu'il avait perdu quelqu'un…

– Perdu quelqu'un ?

– Des blagues, je n'étais pas dupe. Il prétendait qu'il avait des soucis et, la meilleure, que le conservatoire de musique exigeait de lui trop d'efforts dans la journée. Ça a duré plusieurs mois comme ça mais c'est moi qui l'ai quitté. Je pourrais te faire croire qu'il a essayé de me rattraper mais non, jamais. Au fond, il devait être ravi, soulagé que je prenne la décision à sa place. Je l'ai revu une fois. Une fois, oui. Je travaillais déjà à l'Opéra. Il l'avait appris par son père comme toi, je suppose. Tout se sait à Vienne. Il m'avait apporté des fleurs, cet imbécile, il venait m'annoncer qu'il s'était marié. Elle est jolie, au moins ?

– Oui, assez jolie.

– Je voulais qu'il me montre une photo d'elle, moi, c'est tout. Mais il a cru que je plaisantais. Alors, il est parti…

Le garçon renouvelait nos boissons, vidait le cendrier que je remplissais pour deux.

– Moi aussi je suis marié, Irina, j'ai même des enfants.

– Et pas de photos, non plus, je parie ? Non d'ailleurs, pas de photos, tu vas plutôt me rendre un service, Albert. Tu m'en dois un après tout. Tu n'as pas oublié, comme ce salaud de Vincent ?

Je regardais Irina devenue grave sans réussir à la prendre très au sérieux.

– Ne fais pas ces yeux-là, Alberto, tu as le droit de refuser. Voilà, si tu veux quand tu auras payé, on va aller chez moi, dans ma maison et tu vas dormir avec moi, coucher avec moi. Je n'ai pas fait l'amour depuis cinq mois, Alberto. Tu comprends ?

Irina habitait un grand studio très peu meublé en face de la gare, tout près du petit Opéra mais, comme Marion Ravène, elle n'avait pas de sœur, elle était bien en vie, je la voyais pour rien.

– Une sœur ? Pourquoi me demandes-tu ça ?

– Comme ça, il me semblait, vaguement…

– Tu peux encore refuser, Alberto. Le temps que je ferme la voiture à clé, tu te sauves en courant. Tu regrettes déjà ? Tu aurais préféré le faire avec ma sœur ?

– Tu es folle ?

J'embrassai Irina tendrement et elle :

– Tu mettras plus de passion là-haut, tu me le promets…

Là-haut comme elle disait, chez elle, nous fîmes l'amour deux fois, très lentement, bavardant tels deux pies entre les deux silences. Irina commentait son plaisir sans retenue ni pudeur, se rappelait ces trois journées d'hôtel où nous l'avions aimée au point de l'empêcher de dormir, lui interdisant de fermer les yeux de peur qu'elle n'imagine d'autres partenaires, ne cessant de la nommer, de répéter inlassablement « Irina, Irina ! » comme si elle était nombreuse, plusieurs ou simplement deux comme nous.

Je n'avais oublié, pour ma part, ni la fille à l'imper vert ni les larmes de Vincent, mes questions revenaient :

– Tu les avais inventées ces sœurs Galetz, cette Maya ?

Irina se redressa, me dérobant un oreiller pour être plus à l'aise, elle me sourit, amusée :

– J'ai moins d'imagination que ça, tu sais. Quoi ? Tu as besoin de les rencontrer elles aussi. Tu effectues une sorte de pèlerinage, en somme. Ne te fâche pas, Albert, je vais arranger ça. Rien de plus facile, demain le cercle est fermé, les sœurs nous inviteront à souper. Tu viendras me chercher au théâtre…

– Quel cercle ?

– Le cercle de jeu, le casino si tu préfères. Elles y travaillent comme vestiaires, se relayant l'une l'autre.

– Et Maya ?

– Maya est beaucoup plus sage. Figure-toi qu'elle a épousé un médecin, un type formidable mais elle viendra puisque tu en as envie.

Ainsi Irina se chargeait de tout organiser, je n'avais rien à faire. Le jour se lèverait bientôt, il me fallait récupérer un peu de ma nuit blanche de la veille. Irina, une fois de plus, n'exigea aucune explication :

– Tu pars, tu pars. Tu es libre. A demain, comme convenu.

Dans le taxi qui me ramenait chez Spencer, je ne pensais déjà plus à elle mais encore à Vincent, à elle par et pour Vincent. Je me rassurais tout seul en cochant sur mon carnet le nom d'Irina, de Maya et des sœurs. Ce n'étaient pas elles et c'était bien. Je me mis à douter pour la première fois de l'accusation de cette inconnue pourtant si sûre d'elle. A douter seulement car je ne renonçai pas : le plaisir partagé avec Irina valait bien une suite.

Je fus heureux de retrouver dans ma poche la clé de l'appartement de Serge et Milena. J'ouvris très doucement. Un rai de lumière s'échappait dessous la porte : Spencer m'attendait, posté dans l'entrée.

– Vous ne dormez pas, Serge ?

– Tu le vois bien, non ?

Il me pria de le suivre dans le salon, me demandant de parler à voix basse car Milena avait le sommeil léger.

– Je dois savoir, Albert ? Tu vas me dire, n'est-ce pas ?

– Vous dire quoi, Serge ?

– Comment elle va ? Ce qu'elle t'a raconté ? Ce que vous avez fait…

Je dis à Spencer mon exacte nuit avec Irina. Contre mon récit complet, détaillé, il me révélerait pourquoi il désirait tant savoir.

Serge marcha de long en large dans la pièce comme Vincent dans ma loge, au théâtre :

– Cette fille, Albert, c'est un bout de Vincent, tu comprends. Elle m'en a pris un petit bout, oui, comme savent prendre les filles. Ce qu'elle fait, ce qu'elle a fait avec toi, c'est un petit bout de Vincent qui le fait avec elle. Ça me permet de le reconstituer pour moi, tu vois. De sentir le parfum de mon Vincent à Vienne.

Il se frotta les yeux comme un bébé après sa sieste :

– Tu gardes ça pour toi, Albert. Dors maintenant, il est tard.

Spencer allait me laisser un dernier goût de nuit quand il me rattrapa, juste devant la porte de ma chambre :

– Tu cherches quelque chose toi aussi ?

Le lendemain soir ou plutôt le soir même, le vieux machiniste des coulisses de l'Opéra me reconnut sans peine. Irina descendit à la même heure que la veille mais parut embarrassée de me voir. Elle embrassa le type puis m'entraîna dehors sans son manteau au risque de prendre froid :

– C'est idiot, Albert, mais je n'ai pas osé téléphoner chez Serge. Je me suis trompée d'un soir, c'est demain que le cercle est fermé… On peut remettre à demain si ça ne te gêne pas, tu es à Vienne jusqu'à quand ?

– Encore deux ou trois jours.

Je fus incapable de cacher ma déception, abandonnant Irina devant son théâtre sans même la saluer.

– Alberto, ne m'en veux pas. Tu viens demain ?

Ma tête ou mes bras lui répondirent que je viendrai. J'imaginai qu'elle ne s'était pas trompée du tout, qu'elle avait maintenu ce premier rendez-vous pour ne pas perdre ma trace.

Je choisis de rentrer à pied, sachant que je passerai inévitablement devant le cercle de jeu de Friedrichstrasse. J'hésitai un long moment avant de pousser la porte de ce faux casino, lieu intermédiaire comme il en existe des centaines à Londres. Le cercle lui-même était situé au premier étage d'un vieil immeuble, une chance : j'avais un manteau à déposer au vestiaire. Un manteau bleu, je me souviens, qu'une des sœurs Galetz, la plus rousse des deux, me confisqua contre un numéro. Je jouai ce numéro à la roulette autant de fois que de jetons changés pour ne rien gagner, reprendre bientôt mon vêtement à la deuxième sœur qu'un pourboire important ne parvint pas à réveiller.

– Les gros gagnants nous donnent souvent plus, m'apprendrait-elle, le lendemain.

Je me surpris, cette nuit-là, comme les nuits changent, à les soupçonner toutes d'avoir aimé Vincent, Milena ou Maggy, la vieille habilleuse de la rue Blanche, Maya, les sœurs, la femme de Porte, mon bassiste et même Dominique. Je n'avais que mes présomptions, aucun indice et je m'endormis avec elles.

J'avais décidé de témoigner aux Lamar ma reconnaissance pour leur hospitalité. Il me fallait faire un geste. « C'est l'intention oui compte », m'avait appris ma mère qui collectionnait ce genre d'expressions creuses par manque de vocabulaire.

Je courus dans Vienne une bonne partie de la journée pour ne pas acheter n'importe quoi, éviter de tomber dans un piège à touristes. Je fixai mon choix, finalement, sur un album de photos en cuir très souple, si doux au toucher, sans prévoir bien sûr la curieuse réaction de Spencer :

– Il faudrait déjà avoir des photos à ranger à l'intérieur. C'est vraiment une drôle d'idée de cadeau…

– J'ai conservé le ticket, Serge, vous pouvez parfaitement le changer…

Milena trouva alors une formule pour accepter l'album avec joie, effaçant d'un mot la mauvaise humeur de son mari. J'admirais en silence, depuis le début de mon séjour à Vienne, la discrétion de la jeune femme, son art, sa faculté de se rendre invisible quand on le souhaitait ou bien de grandir brusquement si la situation l'exigeait.

Je dînai avec eux dans l'étroite cuisine. Milena nous servit un repas italien. Après le digestif, je leur dis mon intention de retourner au casino afin de me refaire.

– Le cercle est fermé, déclara Spencer. C'était même mentionné dans le journal.

– Eh bien, il a peut-être envie de sortir…

Milena me dispensa ainsi d'un interrogatoire. Serge m'accompagna tout de même jusqu'à la porte :

– Tu vas la voir ?

– Non Serge, je vous assure…

Je retrouvai Irina peu avant onze heures. Elle avait soigné sa tenue, portait une robe très voyante de différentes couleurs, un vrai manteau de fourrure :

– Tu peux toucher, c'est du vison.

Avant de s'asseoir dans la voiture, elle releva sa robe assez haut :

– Une robe de ce prix-là, je ne vais pas la froisser !

Les sœurs Galetz louaient une maison de la proche banlieue de Vienne après le Prater, je n'ai jamais compris avec quel argent. Irina roulait vite :

– Tu as hâte de les voir, non ?

– Je les ai déjà vues, hier soir. Au cercle.

– Sans rien leur dire.

– Non, rien.

– Mais tu n'as pas vu Maya, c'est elle qui va te plaire.

En arrivant devant la maison, Irina donna deux coups de klaxon afin de prévenir les sœurs. Maya, aussitôt, vint nous ouvrir, elle était la plus jeune des quatre amies.

Débarrassé bientôt des présentations, je pus mieux les découvrir. Les sœurs ressemblaient à leur maison, « peinture en état » comme le soulignent les huissiers avant la signature d'un bail. Rousses toutes les deux, Judith plus nettement que Polla, elles n'avaient d'Irina ni la sensualité ni le charme un peu lourd, seulement un air de famille ou de génération, femmes élevées dans les mêmes illusions, à la lumière des mêmes projecteurs, accoudées au comptoir des mêmes bars tristes. J'aurais été bien incapable de désigner l'aînée des deux. Maya, bien sûr, me plaisait davantage. Peut-être connaissait-elle par le milieu de son mari médecin, milieu plus aisé où l'on regarde moins à la dépense, de meilleures marques de produits de beauté, une adresse d'esthéticien, une masseuse hors pair ? Maya avait un visage délicieux, les yeux brillants d'un vrai félin. Son corps, moulé dans une combinaison noire, étrange costume d'une seule pièce, me fit l'effet d'une cour de récréation et de caprices. Une cour où un enfant jouerait seul parce qu'il aurait été puni et sorti de sa classe.

Le souper était prêt, j'oubliai, pour m'asseoir à la place d'honneur entre Irina et Polla, mon dîner italien, ce régime que je suivais à Paris de temps à autre pour m'empêcher de grossir.

– C'est Maya qui a tout apporté. Nous n'avons donné que nos mains, nous apprit Judith. Normal, c'était son tour.

Je compris peu à peu qu'elles se réunissaient souvent pour parler de leur passé commun. L'alcool, de la vodka mêlée au vin blanc, sembla très vite les libérer d'un poids, d'une présence encombrante, la mienne. Elles ne me voyaient plus. Irina m'avait présenté comme le meilleur ami de Vincent ; Vincent, justement, occupait la vedette de ces soupers. Il avait été l'amant de chacune d'entre elles. Quand l'envie d'Irina lui était passée, la jeune femme s'était imaginé pouvoir le retenir, gagner simplement du temps en lui offrant, comme un supplément de plaisir, Maya et les sœurs, l'une après l'autre. Les trois filles s'étaient montrées consentantes. A les entendre, ce soir-là, elles ne le regrettaient pas, ne se gênaient pas pour évoquer leur amour. Irina menait le jeu, les encourageait à fournir un maximum de détails et d'éléments : « combien de fois, la nuit ? », « pourquoi debout ? ». Une vraie foire aux enchères. Irina nous avoua, au bord d'un fou rire, qu'elle lui avait même permis de l'aimer comme s'aiment les hommes quand son ventre saignait, mais que Vincent avait refusé, qu'elle avait réussi à le choquer ou presque.

On ne me proposa pas, à la fin du souper, de prendre la relève. Les quatre amies étaient lasses à présent. Elles s'inventèrent des matinées chargées, des journées longues.

Dans la voiture, Irina me reprocha ma passivité, mon manque d'initiative :

– Elles n'attendaient que ça, tu sais. Tu n'avais qu'à lever le petit doigt, je ne t'en aurais pas voulu. Nous aurions pu le faire toutes les quatre avec toi. Maya a une langue de chat, une langue qui se promène. Les sœurs connaissent toutes les caresses du monde, tu n'avais qu'à parler, Alberto. Nous te faisions peur ou quoi ?

Je posai ma main sur la cuisse d'Irina. Elle lâcha le volant, un instant, pour me guider plus loin, m'aidant elle-même à me glisser sous le tissu :

– Tu viens mais tu viens doucement, je ne tiens pas à avoir un accident, me prévint-elle.

J'aurais voulu l'aimer maintenant sur cette route, dans sa voiture inconfortable, craignant que mon désir ne s'estompe, le moment écoulé, mais Irina l'entendait autrement et je dus retourner là-haut, chez elle pour qu'elle puisse s'endormir.

Ce fut assez lamentable, je l'aimai d'une balle perdue qui l'effleura à peine, ne lui procurant aucune joie. Irina crut bon de ne pas insister. Elle me déposa simplement un baiser dans le cou que je pris pour de l'affection. Je ne le rendis pas.

La photo n'était pas fameuse, presque floue, elle n'avait pas été prise à bonne distance, on avait dû bouger. Le photographe – un amateur – n'avait même pas su cadrer ses modèles. Je tournai et retournai cette photo au verso de laquelle ne figurait aucune date, aucune mention particulière. La photo représentait Vincent et Milena tendrement enlacés.

Spencer avait quitté la maison très tôt, ce matin, un diplomate à accueillir à l'aéroport. J'avais remarqué que la toilette de Milena durait chaque jour une bonne demi-heure. Elle s'enfermait à double tour dans la salle de bains avec sa radio pour écouter des extraits de pièces de théâtre, des interviews d'écrivains. Jamais de musique. Je n'avais pas eu besoin de me dépêcher pour pénétrer dans la chambre du couple, ouvrir les armoires, fouiller les tiroirs, remuer les papiers. J'avais découvert la photo sans peine, au milieu d'autres photos plus anciennes où Milena, probablement entourée de son père et sa mère, regardait en l'air ou ailleurs, rarement l'objectif. Je remis la photo exactement à l'endroit où je l'avais trouvée, refermant minutieusement le tiroir de la commode.

La Thermos devait être cassée, je m'étais contenté d'avaler un café tiède que j'avais sucré démesurément.

Milena traînait en peignoir dans l'appartement :

– Il y a des jours, comme ça, je n'ai pas envie de m'habiller, mais pas du tout. S'il n'y avait pas Bucholz, le voisin, je me passerais de peignoir mais Bucholz s'est déjà plaint. Il a raconté à tout l'immeuble qu'il avait vu le bout de mes seins. Depuis, Bucholz se colle tous les matins à la vitre de sa fenêtre, il attend de me surprendre. C'est un retraité qui n'a rien de mieux à faire. Il s'est renseigné sur moi auprès du gardien, des commerçants du quartier. Il a même demandé l'adresse de mon cours de danse. Il doit s'imaginer que je donne mes leçons toute nue...

– Je peux vous aider, Milena ?

Elle me répondit qu'elle avait l'habitude de cet aspirateur, de ces chiffons à poussière :

– Nous pourrions nous payer une femme de ménage mais Serge n'y tient pas. Il aime me savoir à la maison quand je ne travaille pas.

– Vous avez quel âge, Milena ?

– Trente-cinq ans, pourquoi ?

– Vous habitez ici depuis longtemps ?

– Depuis mon mariage.

– Milena, vous connaissiez Vincent avant Spencer, n'est-ce pas ?

– Vincent vous l'a dit ?

– Vous étiez la maîtresse de Vincent, c'est bien ça ?

– Sur quel ton me parlez-vous, Albert ?

L'accent de Milena, quand elle s'exprimait en français, un français parfait appris d'oreille, son léger accent suffisait à transformer sa voix. Elle devenait très douce et d'un débit plus lent.

– Répondez-moi, Milena, je vous en prie.

– Je n'ai rien fait de mal depuis Serge. Maintenant,

si votre ami vous a parlé… C'est vrai, j'ai eu une liaison avec Vincent mais Serge est parfaitement au courant, je n'ai rien à cacher.

– Cela remonte à longtemps ?

Elle avait débranché l'aspirateur pour secouer, à présent, un tapis par la fenêtre :

– Ça doit faire quinze ans, peut-être seize. Ça marchait bien avec Vincent jusqu'au jour où il est parti. Pour de bon. Une Italienne rencontrée là-bas à Rome. Vincent vivait entre les deux villes, je ne vous l'apprends pas. Alors, je suis restée avec Serge. Besoin l'un de l'autre, vraiment.

– Le nom de cette Italienne, vous le connaissiez ?

– Albert, c'est un questionnaire ou quoi ?

– Son nom, Milena, rappelez-vous…

– Son nom plaisait beaucoup à Vincent. Il signifiait « laine » en français. Oui, elle s'appelait Lana, Eleonora Lana. Elle lui rappelait quelqu'un soi-disant… Les parents de Vincent jouaient une drôle de comédie, vous savez. Ils s'étaient mis en tête que le meilleur moyen de garder leur fils près d'eux serait de le marier ; Lea à une Italienne, Serge à une fille d'ici. Spencer acceptait tout. Il recevait les fiancées de Vincent chez lui, dans cet appartement. Il y avait eu une danseuse avant moi, cette Irina. Quand Vincent en a eu assez, Serge était désespéré. Puis Vincent m'a connue et le pauvre Serge a repris espoir, persuadé qu'il réussirait à le clouer ici grâce à moi. Il nous avait donné sa chambre, il nous aurait donné n'importe quoi. Au bout du compte, pour ne pas faire de jaloux, Vincent a épousé une Française…

– Et vous êtes restée ? Vous avez décidé de rester sans même…

– J'aime Spencer, ça vous suffit ?

J'avais confiance en Milena, une confiance absolue assez aveugle pour l'obliger à s'asseoir près de moi, devant ma tasse de café tiède afin de lui raconter toute l'histoire, tout ce que je savais depuis le début, la fille de la loge, mes recherches et même la photo. Elle ne réagit pas tout de suite à ma confession, commença par me rassurer, me promettant de cacher à Vincent ce séjour à Vienne, ajoutant qu'elle saurait se charger de Spencer, et puis elle changea brusquement d'attitude :

– Je ne vous comprends pas, Albert : une folle prétend que votre meilleur ami est coupable d'un meurtre et vous la croyez ! Au lieu de démontrer que c'est faux, vous essayez de prouver que c'est vrai, tout le contraire…

– C'est surtout si c'est faux, Milena, que je veux trouver. Le comportement de Vincent, après cette nuit, après la visite de cette fille, je ne l'ai pas rêvé. Vous l'expliquez comment ?

– Vincent a toujours été comme ça. Présent et généreux, prêt à tout partager un jour. Le lendemain, il n'y a plus personne, qu'un type fuyant devant son mur, insaisissable. Je l'ai vu pleurer après l'amour, des quintes de larmes comme on le dit d'une toux, n'est-ce pas ? On n'est pas un assassin pour ça, Albert.

Nous avions parlé plus d'une heure ensemble. Milena avait pris du retard dans son ménage :

– Et Spencer qui va arriver !

Je lui signalai que la Thermos était cassée, qu'il faudrait sans doute en acheter une autre. Milena me sourit :

– Vous voyez bien qu'il y avait une meilleure idée de cadeau.

Je me retirai dans ma chambre jusqu'au déjeuner afin de préparer ma valise. Je repartais pour Paris le lendemain de très bonne heure.

La correspondance entre les deux noms d'Irina Laden et Eleonora Lana m'avait intrigué. Une fois encore, en l'inscrivant sur mon carnet, je crus à un faux nom, un nom d'emprunt.

Mes dernières heures à Vienne ne furent marquées par aucun événement d'importance. On donnait *Fidelio* à l'Opéra dans une nouvelle mise en scène mais Serge et Milena avaient compris que je ne m'y rendrai pas. Le cercle de Friedrichstrasse avait rouvert, le journal le confirmait en page des loisirs, j'avais perdu le goût du jeu.

Je passai avec les Lamar une soirée tranquille presque gaie. Au cours du dîner, un dîner de sandwiches – j'avais insisté pour que Milena ne prévoie rien d'autre –, j'évoquai nos blagues les plus récentes avec Vincent, au music-hall, inventant au fur et à mesure d'autres tours que nous aurions pu jouer à Janvion, aux musiciens, à M. Rose, le régisseur. Je distillai les bons mots des enfants, les facéties de Raoul. L'épisode du restaurant les fit beaucoup rire. Sans doute se forçaient-ils ?

J'évitai enfin à Spencer de m'accompagner à mon avion, commandant un radio-taxi avant de me coucher :

– Je vous ai causé assez d'ennuis, leur confiai-je mais ni Serge ni Milena n'essayèrent de me contredire.

Ce ne fut qu'en rentrant à Paris, en ouvrant ma

valise que je découvris la photo de Milena et Vincent entre deux pull-overs. Elle comportait cette fois une mention à son verso, cinq mots seulement : « Vous appelez ça des ennuis ? » Je ne sus jamais lequel des deux m'avait adressé ce message.

3

Elle avait une maladie des yeux peu ordinaire qui rendait ses yeux plus petits. La maladie, un virus, se manifestait par une irruption de minuscules boutons à peine visibles sur les paupières inférieures. Elle n'avait pas le droit de se frotter ni de s'essuyer les yeux.

Elle pleurait souvent sans raison apparente, jouant de ses larmes pour obtenir une faveur ou séduire quelqu'un. Les médecins la jugeaient inguérissable, la maladie n'était pas bien grave, elle devait apprendre à vivre avec et s'en accommoder.

Elle m'avait abordé dans la rue, près de chez moi, comme une étrangère :

– Monsieur Gange ?

– Oui.

– C'est bien vous qui recherchez les femmes de la vie de Vincent ? Vincent Lamar, précisa-t-elle.

Je demeurai sans voix.

– J'en suis une, me déclara la fille. Une que vous ne pouvez pas connaître. Personne n'a jamais su ce qui s'est passé entre Vincent et moi.

Elle dégageait un air trouble presque malsain. Elle n'avait guère plus de trente ans mais ses cheveux trop courts et mal coupés lui donnaient facilement quelques années de plus. Elle n'avait peint que les ongles de sa main gauche et semblait porter des vêtements trop larges pour camoufler ses rondeurs, vêtements hérités ou volés, qui avaient dû appartenir à d'autres filles, à des hommes peut-être.

J'avais aussitôt exigé une explication, comment savait-elle que je la recherchais ? Elle parmi tant d'autres…

– C'est mon secret, je me le garde.

J'appris beaucoup plus tard qu'elle fréquentait Henri et Marion Schuster, alias Ravène.

Nous avions pris un café au Canon de Grenelle, je ne courais aucun risque. Rentré de Vienne la veille, j'avais envoyé Raoul au cinéma. Dominique et les enfants n'arrivaient qu'en fin de soirée par le train de Genève.

La fille s'appelait Marie-Pierre Forest. Elle me révéla qu'elle errait dans mon quartier depuis une longue semaine, n'osant monter chez moi.

– Vous avez perdu votre temps, lui dis-je, j'étais à l'étranger.

Elle avait obtenu mon adresse et des photos par ma vieille maison de disques en leur racontant qu'elle écrivait une série d'articles sur la variété française :

– Ils avalent n'importe quoi à votre service de presse.

Je n'enregistrais plus aucun disque mais j'étais toujours sur le fichier. Je téléphonais parfois moi-même au chef des ventes ou de la promotion en déguisant ma voix, je leur réclamais de nouveaux enregistrements de l'orchestre Palm. Je tombai hélas sur leurs secrétaires qui ne transmettaient pas.

Marie-Pierre Forest n'avait pas vu Vincent depuis

quatre ans. Une amie, bredouilla-t-elle, lui avait parlé de moi :

– Il fallait que je vous retrouve et vite ! Vous n'allez pas faire de mal à Vincent, au moins ?

D'après les dates qu'elle avançait, je déduisis que Vincent l'avait aimée en trompant Nathalie, qu'il avait dû mener une double vie, cela devenait tout à fait intéressant.

– Ça a duré longtemps entre vous ?

– Une fois.

– Comment ça, une fois ?

Je m'étais énervé, visiblement déçu par la réponse de la fille qui perdait, à son tour, toute utilité.

– Oui, poursuivit-elle. Je l'avais dragué dans une boîte.

– Sa femme n'était pas avec lui ?

– Il était seul. Nous avons dansé. Il avait envie de moi et moi de lui. On est sortis ensemble, il prétendait que j'avais des seins superbes…

– Je ne vous demande pas comment ça s'est passé, c'est votre problème, ça ne me concerne pas.

– On n'a même pas fait l'amour. Il voulait regarder. Me regarder, tu comprends. (La fille s'était mise à me tutoyer.) Il m'avait prévenu : « Tu es trop belle, je ne te toucherai pas. » Je n'ai jamais pris autant de plaisir. Je l'avais déjà fait seule ou devant des gens mais lui m'a regardée sans me voir. Je n'ai pas eu honte. Ça te paraît idiot, c'est ça ?

– Et après, il est parti ?

– Oui. D'ailleurs, je n'ai pas cherché à le revoir, je n'ai aucun droit sur lui.

– Et vous m'avez attendu huit jours pour me dire ça ?

– Je peux me tirer, tu sais.

Elle sortit de la monnaie de ses poches afin de payer son café, ne rien me devoir.

– Reste. Dis-moi pourquoi tu es là.

– Parce qu'il est innocent, parce que tu ferais mieux de laisser sa vie tranquille.

J'avais cru à un coup monté, à une correspondante d'Irina ou des sœurs, comme une méthode d'intimidation. La fille savait trop de choses, elle connaissait le théâtre de la rue Blanche, le métier de Vincent et le mien. Elle avait commencé à pleurer, sa maladie qu'elle me décrivit dans ses moindres détails. Je voulus me débarrasser d'elle au plus vite. Comment avais-je pu la suivre ? La conduire dans ce café où certains clients, peut-être, m'avaient déjà identifié ? Elle ne parlait plus maintenant, se frottait les yeux devenus minuscules :

– Je ne devrais pas frotter, on me l'a interdit.

– Je vais te donner de l'argent, lui dis-je. De l'argent pour ne plus te voir. Vincent est sans doute innocent comme tu dis mais si ça me plaît à moi de lui tourner autour, de vivre en lui, avec lui, à son insu, ça te regarde ?

Elle cessa de pleurer, me demanda si je disposais d'argent liquide, ajoutant d'une voix blanche :

– On est dimanche, tout est fermé.

Avec ma carte de crédit, je retirai bientôt à la banque la plus proche le maximum de billets auxquels j'avais droit. Elle accepta les billets neufs, les rangea dans son sac de skaï noir sans même me remercier. Elle m'embrassa avant de disparaître, comme on embrasse un ami d'enfance ou un parent éloigné.

Vincent me disait souvent qu'il n'était pas un héros de roman ou alors si, mais le héros d'un tout premier livre, manuscrit rarement publié, en forme de règlement de comptes, où l'on jette, où l'on brûle tout ce que l'on possède et même plus encore, curieux mélange de maladresse et de culot.

Au théâtre où je m'étais présenté le lendemain du retour de Dominique et des enfants, je retrouvai un Vincent plus tendre, vraiment affectueux. Le séjour de ma femme chez mes parents avaient permis à Muriel et Guillaume d'attraper des couleurs, bonne mine. Raoul, lui, en notre absence, s'était montré d'une sagesse exemplaire ; peut-être avait-il voulu se racheter comme certains prisonniers à qui l'on promet une remise de peine. Je réussis à me faire plaindre par ma femme qui regretta mes séances de travail à Hambourg :

– Tu aurais pu en profiter pour dormir un peu… Tu as une de ces têtes ! Tout ça pour gagner quatre sous de plus !

Les enfants jouaient avec leurs nouveaux cadeaux, tout allait bien.

J'étais arrivé au music-hall en début d'après-midi, des boîtes de chocolats suisses plein les bras :

– Comme c'est gentil d'y avoir pensé, me remerciaient les gens. Il ne fallait pas, vous auriez dû attendre la Noël !

Vincent se reposait dans sa loge, feuilletant de vieux journaux qu'il lisait parfois à l'envers sans même s'en rendre compte. Quand Nathalie décrochait un jour de tournage ou une synchro, il ne supportait pas de rester chez lui et passait ses après-midi au théâtre, répétitions ou pas. Il s'enfermait, se terrait dans sa loge et parlait seul des heures entières, se reprochant à lui-même sa conduite, ses manies : « Eh bien, oui, je perds mon temps ! » criait-il. Si fort qu'il était impossible de ne pas l'entendre.

Vincent fut le premier à évoquer la fille, m'apprenant que la vie au théâtre était impossible sans moi :

– Les musiciens me détestent, me confia-t-il, tu le sais bien. Ils sont au courant pour l'imper vert, ça doit être Maggy. Ils n'arrêtent pas de me chambrer depuis huit jours.

– Je pensais que c'était enterré…

– Devant toi, peut-être mais quand tu n'es pas là, on dirait qu'ils en profitent, je te laisse imaginer le genre de leurs réflexions, me demandant si la fille était un bon coup…

– Ça fait plus d'un mois, Vincent, oublions-la.

– Tu crois que c'est facile ?

Il m'apprit que Janvion avait accordé un rendez-vous à Nathalie en fin de journée.

– A Nathalie, pourquoi ?

– « Virus » (c'est ainsi que nous avions surnommé le chanteur franco-belge) arrête dimanche. Janvion prépare la première partie du prochain spectacle, il a besoin d'une présentatrice. Pourquoi pas Nathalie ? Même pour quinze jours. C'est mieux que rien.

– Qu'est-ce qu'elle en pense, elle ?

– Elle n'a pas à penser, tu vois.

Il m'avoua que Verdoux, le propriétaire de leur duplex, venait de les augmenter.

– Je peux te prêter, Vincent.

– Tu es gentil mais ça ira pour le moment.

J'avais déjà prêté pas mal d'argent à Vincent. Des sommes plus ou moins importantes. Il ne me les rendait pas, me versait parfois un acompte, le tiers ou le quart de la somme qu'il me devait. Je ne lui réclamais jamais rien, je savais qu'il était mon débiteur, la situation ne me déplaisait pas.

– Oh ! Albert, j'ai une idée.

Vincent s'était levé d'un bond, avait décroché, puis enfilé son manteau.

– Qu'est-ce qui te prend ?

– On va se faire une sortie de lycée comme avant. Pour voir ce que ça donne. Il est tôt, on a le temps.

– Je voulais parler à Janvion, je débarque, moi…

– Il est chez Curtis, Janvion, il essaye de le persuader de remonter sur une scène. Puisque je te dis qu'on a le temps. Tu parleras à Janvion ce soir, quand il aura vu Nathalie. Viens, on va y aller à pied. Le plus près, c'est Jules-Ferry, non ?

Nous avions coupé par les petites rues de derrière :

– Il faut y arriver pour la sortie de quatre heures, répétait Vincent. Il le faut absolument !

Vincent courait, j'avais de la peine à le suivre. Comme d'habitude, nous étions en avance, postés bientôt devant le lycée Jules-Ferry, un lycée de jeunes filles devenu mixte depuis quelques années.

– Je ne l'ai jamais fait sans toi, Albert. Compte : vingt ans !

Elles sortirent en retard, leurs cahiers à la main retenus par un élastique, portant des paniers en paille ou en osier qui avaient remplacé les cartables d'autrefois. Elles avaient changé, les filles du lycée Jules-Ferry. Des garçons de leur âge ou légèrement plus vieux les accompagnaient ou les attendaient comme nous. Les autres filles marchaient deux par deux, habillées d'une drôle de manière, elles avaient perdu leur bel uniforme bleu.

– On les suit ?

– Mais Vincent, tu es fou ?

– On les suit dix minutes, juste pour leur faire peur.

Vincent avait choisi deux filles assez jeunes, quatorze ou quinze ans. Elles descendaient la rue d'Amsterdam et s'aperçurent trop vite que nous les filions. Bientôt, l'une d'elles ralentit son allure, invita son amie à l'imiter. Elles s'arrêtèrent brusquement, firent demi-tour. Elles n'étaient pas vraiment jolies ou plutôt pas encore. La plus petite des deux s'avança vers moi :

– On couche pas. On est désolées.

– Si on devait coucher, conclut l'autre, on sait déjà avec qui.

Il pleuvait. Nathalie, immobile devant le théâtre, guettait le retour de Vincent.

– Tu aurais pu t'abriter. C'est ouvert.

– J'aime pas sans toi. Où étiez-vous ?

Je répondis pour Vincent :

– On a vu *Le baiser qui tue* à l'Atomic. Bonjour.

– L'Atomic ?

– Le cinéma de la place Clichy…

Mais Nathalie ne voulut pas nous croire, l'Atomic n'existait plus, il s'appelait l'Amsterdam, maintenant. Je lui montrai un paquet de cigarettes tout neuf :

– Café-tabac, on a bu un verre. (Vincent forma le chiffre deux avec ses doigts.) Bonjour quand même.

Nathalie sembla réaliser que nous ne nous étions pas vus depuis près d'un mois :

– Ce n'est pas normal, ça.

Nous avions gagné ma loge, plus grande et plus confortable pour y tenir à trois. De plus, je possédais un séchoir, Nathalie me l'emprunta : ses cheveux avaient pris toute la pluie.

– C'est malin, rageait Vincent. Et regarde comment tu es habillée ?

Il lui reprocha la couleur de son pantalon, le pantalon lui-même, le col roulé, les chaussures plates :

– Tu sais bien que ça te maigrit. Janvion va encore se moquer de toi !

Janvion n'avait pas réussi à convaincre Curtis de refaire de la scène. Curtis avait débuté au music-hall de la rue Blanche dans les années cinquante, il avait abandonné, par la suite, les chansons, les galas pour le cinéma où il était devenu une valeur sûre, indiscutable. Dans son bureau, Janvion me confiait sa déception :

– C'est une question de prestige, Albert, vous me comprenez… Curtis chanterait ici, ne serait-ce qu'un soir, le lendemain, tous les artistes du monde se battraient pour se produire chez nous. Et à l'œil, encore !

Mais Curtis a le trac, c'est vrai qu'il a tout à perdre en revenant au music-hall. Quelle présence il avait, quelle voix ! Vous ne l'avez jamais entendu dans *Clichy millionnaire* ? Curtis faisait chanter les muets, Albert, il réveillait les morts ! Enfin, dites-moi, plutôt vous, ces bronches ?

– Maintenant, ça va.

– Je préfère ça.

Je lui demandai s'il envisageait réellement d'engager Nathalie pour animer le nouveau spectacle.

– Je l'ai convoquée à dix-huit heures. Oui, nous devons étudier ça. Il paraît qu'elle n'était pas mal dans la pièce de Romelli.

– Vous trouvez que c'est une bonne idée, vraiment ?

– Ce sont vos amis, Albert, pas les miens.

– Justement, ce n'est pas toujours très bon de mélanger tout ça. Un mari et sa femme dans la même boutique, à votre place, je réfléchirais.

Je l'avais mis en garde mais Janvion se passa de mes conseils, il signa à Nathalie un contrat pour quinze représentations :

– Elle me coûte moins cher que n'importe qui, Albert. Pauvre fille, elle n'a même pas essayé de discuter le prix.

Pour fêter l'événement, Vincent nous invita à dîner, Nathalie et moi, dans un restaurant de poissons de la rue des Martyrs :

– Appelle Dominique, dis-lui de nous rejoindre, insista mon ami.

– Il y a les enfants, c'est impossible.

– Ton beau-père n'a qu'à les surveiller, les enfants.

– Bon, je vais voir.

Mais, dans la cabine téléphonique, je composai un

faux numéro afin de revenir rapidement à la table de mes amis :

– Dominique vous embrasse, elle est folle de joie. Malheureusement, pour ce soir, ça ne marche pas.

Les répétitions débutèrent le lendemain dans l'après-midi. Mes musiciens et moi, nous étions habitués aux réflexions de Janvion et de M. Rose : le premier, caché dans un coin de la salle obscure, regrettait tel morceau trop lent ; l'autre, aux lumières, multipliait calembours et jeux de mots à partir de nos noms.

Nathalie dut bientôt subir son examen de passage. Elle avait revêtu son costume de scène, la robe courte et largement décolletée d'une ancienne présentatrice, maîtresse de Janvion. Elle semblait dépaysée dans cette tenue d'un autre âge que Maggy lui avait promis de resserrer, au moins à la taille.

Nathalie ânonnait son texte devant le micro, textes des différentes annonces que Janvion avait rédigés lui-même pendant la nuit. Au bout de quelques minutes, Janvion lui fit signe de s'arrêter :

– Éclairez-moi, Rose !

Rose obéit, dirigeant un projecteur sur le visage impassible de son directeur.

– Ma petite Nathalie, déclara ce dernier, ces textes sont sensés déclencher les rires. Il va falloir me les jouer. Me les jouer vraiment, y mettre un peu d'entrain, de la chaleur humaine. Vous avez l'air de nous annoncer des malheurs ! Allons, reprenons, je suis prêt moi, qu'est-ce que vous croyez ?

Nathalie recommença plusieurs fois mais sans succès. Sa voix ne portait pas, son articulation laissait à désirer. Elle boulait son texte, pressée de lancer la phrase de chute sur laquelle l'orchestre démarrait, la libérant enfin.

Rose éclaira à nouveau Janvion, venu tout près de la scène pour tenter de se faire mieux comprendre :

– On va oublier le ton pour aujourd'hui. Mieux vaut régler les mouvements, la mise en place. Vous ne bougez pas, Nathalie ! C'est absurde. Vous restez plantée, là, devant votre micro comme si l'on vous menaçait. Pour mettre le public dans sa poche, il ne faut pas avoir peur de lui faire un peu de charme…

Nathalie ne répondait pas, elle écoutait Janvion attentivement pour commettre indéfiniment les mêmes erreurs. Je faillis intervenir mais Vincent m'en empêcha :

– Elle apprend, mon vieux. Ça ne peut pas lui faire de mal.

A la fin de la répétition, il emmena Nathalie dans sa loge pour la raisonner, l'encourager à ne pas lâcher prise.

Janvion et son régisseur nous avaient laissés seuls sur le plateau, mes musiciens et moi. J'en profitai pour m'adresser enfin à eux, comme on s'adresse à un groupe d'amis :

– Vous avez remarqué que Vincent ne tournait pas rond. C'est à nous de le soutenir, leur dis-je. Je sais bien ce que vous devez penser. Ce n'est pas sa femme, je vous l'accorde, qui va arranger la situation. Aussi, soyez chic, évitez à l'avenir de lui parler de cette fille, de cet imperméable vert. Faites-le au moins pour moi, pour Nathalie…

Porte, Rure, Chambrun, tous me regardaient fixement.

– Qu'est-ce qu'elle lui voulait cette fille ? me demanda Morin, le batteur, un ancien de Pacra.

– On a le droit de savoir, ajouta Rure.

Cette arrogance ne m'avait pas surpris. J'eus l'impression de diriger un orchestre d'amateurs attardés, éternels redoublants, lecteurs de partitions blanches. Nous aurions pu former une belle équipe, être engagés un jour dans un music-hall plus prestigieux mais non, ils se sentaient bien là, à leur place, contents de leur salaire et de leur sort. Et moi, avec eux, sur le plateau désert.

– Dites-le-nous, Albert, cessez de protéger votre copain !

Ils en voulaient à Vincent, une fois de plus, d'être mon presque frère, de partager mes rires, ma vie et mes secrets. Aussi, à contrecœur, afin de me dédouaner à jamais, me décidai-je à parler :

– La fille a accusé Vincent de meurtre. Vous êtes contents ? Ça vous change ça, non ?

A ma grande déception, je n'eus droit à aucun commentaire. Ils ne m'avaient pas cru, plaisantaient à voix basse. Bientôt, chacun rangea son instrument en silence. « Virus » et son pianiste n'auraient pas supporté de trouver du désordre sur la scène qui était la leur pour une semaine encore.

La semaine traîna en longueur. Au fil des jours et des répétitions, Nathalie prenait de l'assurance. Vincent me confia, qu'il la faisait travailler toutes les nuits, qu'il la bourrait de remontants, de vitamines et de douceurs afin de la voir s'arrondir un peu d'ici la « générale ».

Je n'avais pas ces problèmes à la maison. Raoul nous avait ramené un chat, deux oiseaux en cage et un poisson rouge dans son bocal avec la ferme intention de reconstituer les dessins animés préférés des enfants. Dominique se chargea elle-même de rendre les animaux à leurs marchands. Muriel consola son grand-père en rêvant à un kidnapping de chiens. « Des dalmatiens », précisa Guillaume.

Je passais toutes mes heures de sommeil auprès d'Eleonora Lana que je m'étais juré de retrouver d'une manière ou d'une autre. Je lui avais donné une forme de visage, une couleur d'yeux et de cheveux, un nez très fin mais des jambes un peu fortes pour ne pas être déçu quand je la verrai.

Le soir de la première finit par arriver. Les journalistes ne se déplaçaient plus aux générales de presse du théâtre de la rue Blanche. Janvion obtenait, de temps à autre, un écho à la radio où il avait conservé quelques amis, trois lignes dans les quotidiens du matin.

Après la traditionnelle ouverture de l'orchestre, le rideau se leva sur Nathalie. Nous affichions complet. Le music-hall accueillait pour la première fois un jeune chanteur très en vogue mais encore peu habitué aux planches. Sa maison de disques avait inondé d'invitations gratuites les gens influents de notre profession. Trop occupés, ces derniers avaient choisi de favoriser les membres de leur famille ou leur personnel.

Pour annoncer le premier numéro, Nathalie devait réciter une fable de La Fontaine en remplaçant certaines rimes par d'autres. Ce changement de sens provoquerait, Janvion nous l'avait promis, l'hilarité du public. Ce n'était pas bien compliqué mais Nathalie fut incapable de dire plus de deux vers. Les souffleurs ont disparu des théâtres depuis quelques années. Nathalie demeura pétrifiée avec son trou de mémoire. Je connaissais vaguement la suite de la fable, j'aurais pu lui crier sa réplique, mais je craignais le ridicule pour nous tous. Vingt secondes de silence au théâtre valent très cher. Le public ne se gêna pas pour manifester sa colère. On suggéra à Nathalie d'ôter sa robe et de chanter.

– Laissez parler le mime ! lança un spectateur.

Monsieur Rose baissa le rideau sur l'ordre de Janvion. Nathalie se réfugia dans les coulisses et l'orchestre enchaîna comme toujours sur un air joyeux et célèbre que la salle reprendrait en chœur.

Nous apprîmes à l'entracte que Nathalie avait quitté le théâtre. Janvion l'avait déjà remerciée, payée et renvoyée à son duplex de la rue Alasseur. Au bar des artistes, la discussion allait bon train. On rejouait toute la scène. Un machiniste incarnait Janvion, Maggy le rôle ingrat de Nathalie.

J'avais tenu à raccompagner Vincent chez lui, jusqu'à l'appartement. Affalée sur le canapé du salon, Nathalie terminait une boîte de chocolats que Dominique avait rapportée de Genève :

– Comme ça, je serai bien grosse, Janvion ne se moquera plus de moi.

Sa robe de scène était suspendue à un cintre, le cintre accroché à une poignée de porte : notre directeur avait exigé qu'elle rende le costume propre et repassé pour ne pas surcharger Maggy, de travail inutile.

Elle avait séché ses larmes, ne paraissait même pas malheureuse. Vincent ne lui reprochait rien. Il s'assit près d'elle :

– C'est de ma faute, pardonne-moi.

Nathalie, négligeant ma présence, posa la boîte de chocolats sur la table basse pour embrasser Vincent, longuement, lèvres contre lèvres. Elle le caressait maintenant avec ardeur et application.

D'un signe de la main, Vincent me fit comprendre que l'on n'avait plus besoin de moi.

Je revis Marie-Pierre Forest une fois, au début du mois de décembre. Personne n'avait remplacé Nathalie au théâtre. Les numéros se succédaient sans la moindre annonce : Janvion avait autorisé les artistes à se présenter eux-mêmes, à tour de rôle, il nous fallut simplement répéter les raccords avec eux. Nous avions donné la dernière représentation non sans un certain soulagement. Zabor, un comique, auteur de sketches plus ou moins savoureux, prendrait la relève, assurant à lui seul première et deuxième parties.

– C'est une période où les gens ont envie de s'amuser, non ? avait décrété Janvion avant d'engager Zabor pour un mois, jusqu'après les fêtes.

L'orchestre, du même coup, se mettrait en vacances.

Je revis Marie-Pierre Forest en compagnie de Vincent dans l'avenue de Suffren. Ils marchaient tous les deux d'un pas lent, trop occupés à se dire mille choses pour avancer plus vite. J'avais attendu qu'ils se séparent pour rattraper la fille au Champ-de-Mars :

– Vous l'avez retrouvé ?

– Par hasard. C'est toi que je cherchais, m'apprit-elle.

– Tu le lui as dit ?

– Non.

Elle s'était arrêtée au milieu d'un groupe d'enfants patineurs dans l'allée centrale.

– Qu'est-ce que tu lui as dit ?

– Rien. Mes souvenirs.

– Et lui ?

– Il ne m'a pas reconnu tout de suite. Ça doit être la coiffure. Il avait l'air heureux…

– Il te faut encore de l'argent, c'est ça ?

– Non, je passais dans le quartier, je voulais te remercier pour l'autre fois, m'excuser…

– Tu te fous de moi ou quoi ?

J'avais saisi la fille par le bras, la serrant assez fort :

– Qu'est-ce que tu veux ?

Marie-Pierre se mit à crier afin d'attirer sur elle l'attention des enfants, des parents et des nurses, des gardiens du jardin bientôt.

– Lâchez-moi ! criait-elle encore.

Le gardien du jardin, qui me connaissait pour m'avoir vu souvent promener Muriel et Guillaume avec ma femme, s'approcha de nous :

– J'ai eu assez d'ennuis avec votre beau-père, me dit-il. C'est bien votre beau-père, n'est-ce pas ? Vous n'allez pas vous y mettre vous aussi.

Il me pria de rentrer chez moi, de ne pas importuner la fille mais la fille était déjà loin. Partie soigner ses yeux, j'imagine, cette maladie dont je ne sus jamais le nom.

Je ne relevai aucun indice, les jours qui suivirent, qui me permit de penser que la fille avait parlé à Vincent. J'avais choisi de le voir beaucoup, passant exprès chez lui à l'improviste, m'invitant à déjeuner au dernier moment. Je ne constatai rien d'anormal. Vincent, égal à lui-même, m'accueillait bras ouverts, multipliant les « tu es ici chez toi » pour me mettre à mon aise. La fille, après tout, ne m'avait peut-être pas menti.

Je commençai à regretter que l'imperméable vert n'ait pas réapparu au théâtre. J'en voulais à Vincent de l'avoir oublié, de l'oublier devant moi. Je lui reprochais de ne pas soupçonner mon enquête. Comment n'avait-il pas deviné ?

Milena avait raison, je le désirais coupable, je découvrirais sans doute tôt ou tard une preuve accablante contre lui : m'en servirais-je alors ? Et comment ? Je refusais de trancher, songeant seulement à marquer un point supplémentaire sur mon inséparable.

J'allais me résoudre peu à peu à me détacher de lui pour en savoir davantage. Il faudrait m'en écarter, froisser, gâter enfin cette amitié exemplaire. N'avais-je pas décidé de partir pour Vienne à l'instant même où Vincent me fuyait ? Mes rencontres avaient rendu le jeu fascinant, je devais aussi me prouver certaines choses, montrer du courage.

Je fis appel à d'autres trompettistes pour les rares enregistrements auxquels je participais. J'omettais volontairement de signaler à Vincent que Janvion l'avait réclamé au music-hall. Il manqua ainsi, par ma faute, plusieurs répétitions. Je l'excusais, le prétendant distrait ou capricieux. Je doutais devant les musiciens de sa conscience professionnelle, de son sens des responsabilités.

La facilité avec laquelle j'avais accepté de brûler Vincent à leurs yeux m'étonna moi-même. Soudain, j'eus le sentiment d'avoir tout mis en œuvre, enquête, recherches, pour me soulager du poids de cet ami, décidément trop encombrant. Ainsi, l'imperméable vert perdait provisoirement de son importance, je ne lui reconnaissais plus que valeur de symbole ou de prétexte. La course se disputait bien entre Vincent et moi ; il n'aurait pas été sérieux d'espérer parvenir ensemble sur la ligne d'arrivée.

J'ai l'impression de ne livrer aujourd'hui que des morceaux épars, de ne m'attacher qu'à des détails. Cette détermination à ne retenir que l'essentiel m'obsède et me paralyse. Elle me conduit inévitablement à tronquer de jolies scènes, à sacrifier des décors, à écorcher des noms. Je mets de côté comme si la matière était trop riche. Il n'y avait pas eu pourtant que des Irina Laden entre nous, des Marie-Pierre Forest, mais d'autres passagères plus anodines. Nous n'avions pu aimer toujours les mêmes femmes. Mes treize années sans Vincent, sans compter double, ne s'étaient pas limitées à Dominique. J'avais eu moi aussi mes Marion Ravène, mes sœurs Galetz.

Je me souviens d'une jeune Bordelaise, Geneviève, connue sur les bancs du Conservatoire. Première en dictée musicale, elle me laissait copier sur elle pendant les cours.

J'avais vécu quelques mois avec Geneviève dans un hôtel de la rue Pierre-Nicole à Paris, près du Val-de-Grâce. C'était une drôle de fille, très mythomane, qui s'était inventée des relations sexuelles avec tous les membres de sa famille. Elle me plaisait pour les histoires qu'elle me racontait, les orgies de sa sœur cadette, baptisée Garonne par sa mère pour l'amour d'un fleuve, la jalousie de son frère Émile qui vendait des photos d'elle à moitié nue à la sortie des bureaux. Elle avait fini par m'avouer qu'elle était née à La Rochelle de parents médecins, que rien de tout cela n'était vrai. Je me détestai d'avoir marché, galopé après ces balivernes. Je quittai Geneviève sans un mot. Elle, pour se venger, me dénonça très vite comme tricheur au professeur de dictée musicale.

Il y avait eu, peu avant le départ de mes parents pour Genève, une femme assez belle, Valérie, plus âgée que moi. Une femme mariée, comédienne très employée dans les pièces de boulevard, qui n'aimait faire l'amour ni avec moi ni avec personne, me suppliait de me dépêcher pour griller ses cigarettes, des Menthol. Elle se lassa rapidement de moi, de mes exigences : « Quoi ? Tu as encore envie ? » me reprochait-elle. « Je vais être crevée, affreuse pour le public, mon public. C'est mauvais d'en abuser, tu sais, méfie-toi ! »

Mais à quoi bon ressusciter ces souvenirs épuisés et amers ? Eleonora Lana possédait au moins le charme et le parfum de l'inconnu, promesse d'une aventure romanesque que mes femmes évanouies ne pouvaient plus tenir.

Je faillis quitter Paris sans prévenir personne, attraper le premier avion pour Rome, débarquer chez Anita et Roberto, les « zii » de Vincent, et leur poser la question qui me brûlait les lèvres : « Vous souvenez-vous d'Eleonora Lana ? »

Je devais, au contraire, une fois de plus, imaginer une bonne raison pour me séparer de ma femme. Parti sans l'avertir, j'aurais commis le faux pas qui m'aurait trahi, aurait gêné mes plans. Dominique inquiète aurait appelé Vincent et Vincent aurait enfin compris.

Nous avions l'habitude de fêter Noël en famille, Dominique y attachait beaucoup d'importance, à cause des enfants. Zabor avait signé jusqu'au 5 janvier qui tombait un dimanche ; au théâtre, les répétitions reprendraient le jeudi 2. Du 25 décembre au jour de l'An, cela me laissait une courte semaine.

Je m'exerçai chaque matin à changer mon écriture, je copiais et recopiais invariablement la même phrase : « Naples est un grand port de la Méditerranée. » Puis, je brûlais la feuille de papier en attendant le lendemain pour m'exercer encore.

Au bout de cinq jours, j'avais adopté l'écriture ronde et féminine que je recherchais depuis le début. J'utilisai une enveloppe pour y inscrire mon nom et mon adresse. Sur un papier à lettres très ordinaire, je m'écrivis une lettre d'amour enflammée et ridicule, signée Valérie, en souvenir de ma théâtreuse. J'avais acheté un petit flacon d'eau de toilette, quelque chose de bien vulgaire. Je voulais que la lettre soit imprégnée de cette odeur.

Je pris la voiture afin de ne pas poster bêtement la lettre dans une boîte de mon quartier. Du 12 au 16 décembre, je fis chaque jour les mêmes gestes, le même trajet, de mon quinzième à la place des Victoires. Le nombre de lettres devenait impressionnant. C'est la concierge qui monte le courrier chez nous, le matin quand je dors. Elle glisse les lettres dessous la porte, les enfants les ramassent et leur mère fait le tri.

Pour augmenter les soupçons de Dominique, je lui donnais dans la journée des coups de fil anonymes. Elle répondait, je raccrochais après un bref silence.

Dominique n'ouvrit pas les premières lettres, elle attendit la cinquième. Nous étions le 18 décembre, je m'étais étonné de ne pas avoir reçu ma lettre du 16.

Dominique avait déjà accompagné les enfants à l'école, elle revenait du marché, chargée de paquets, son père descendu aux journaux, nous étions seuls dans l'appartement. Dominique entra dans ma chambre sans plateau de petit-déjeuner. Je ne dormais pas, je savais bien qu'elle viendrait tôt ou tard, me parler, essayer de comprendre. Il me fallait en passer par là, je l'avais désiré, espéré même.

Ma femme m'avoua la lettre décachetée, me demanda si c'était sérieux, si cela durait depuis longtemps. Je lui répondis, pour ne pas la blesser, que je prenais seulement du plaisir à coucher avec cette fille qui ne la valait sur aucun plan, mais qui me changeait de peau et d'habitudes.

– Et tu vas prendre ton plaisir jusqu'à quand ?

Je lui expliquai que le meilleur moyen de m'en défaire serait sans doute de m'échapper provisoirement avec la fille, de vivre avec elle quelques jours. Je connaissais à l'avance la réponse de ma femme, j'aurais pu la lui souffler, la poser sur ses lèvres :

– Je n'exige qu'une chose, Albert. Passe Noël avec nous. Tu la rejoindras après, si tu veux, quelques jours, comme tu dis.

Ni Raoul ni les enfants ne sauraient rien ainsi. Je justifierais ma semaine d'absence auprès d'eux par une tournée en Belgique de l'imitateur Piero. Piero était une idée de Dominique :

– Même les enfants le connaissent, m'avait-elle affirmé.

Dominique m'aidait à mentir et à la tromper, elle se

voulait complice jusqu'au bout. Avant la naissance de Muriel, ma femme avait connu quelques aventures sentimentales. Elle ne m'en avait rien dit mais je me souviens d'une Dominique gaie, prévenante et soignée qui riait par surprise à des propos insignifiants. Le fou rire lui provoquait aussitôt le hoquet, elle avalait, alors, une grande cuillerée de sucre en poudre : le hoquet, le fou rire lui passaient, ainsi que l'envie d'un autre. Dominique devait comparer aujourd'hui la fille invisible à ses amours anciennes.

Je lui confessai plus tard que la fille n'avait pas existé, que je l'avais bel et bien inventée pour effectuer ce voyage en Italie, mais Dominique ne voulut pas me croire. Elle avait gardé la cinquième lettre comme une preuve contre moi. J'avais tenté de retrouver en vain cette écriture si ronde pour la persuader de ma bonne foi. Je n'y parvins jamais et la fille s'installa entre nous.

L'hôtel de la via Frattina existait toujours, j'avais réservé une chambre double sur la rue interdite désormais à la circulation. Au téléphone, Roberto, surpris de m'entendre, n'avait pas proposé de me loger mais ça leur ferait plaisir de me revoir. Je lui avais promis de les appeler dès mon arrivée à Rome :

– Et Vincent ? Il ne vient pas avec toi ? Comme avant ?

La communication était mauvaise, je fis celui qui ne comprenait pas.

Je passai la soirée du réveillon de Noël, veille de mon départ, à me convaincre que les chambres du Frattina avaient sûrement changé. Sous le sapin, chacun découvrait ses cadeaux : Raoul, la trousse à outils qu'il avait souhaitée, les enfants leurs déguisements d'infirmière et d'homme-grenouille. J'avais offert à Dominique un coffret de disques classiques.

– J'ai huit jours pour les écouter, n'est-ce pas ?

Je reçus des cravates et des chemises, cravates en soie qui se froisseraient trop vite, chemises dont je n'aimais ni la forme ni la couleur, mais qu'il me fallait accepter avec joie pour avoir la paix.

4

Elle ramenait ses cheveux en un chignon ridicule qui donnait à son visage l'allure d'une pièce montée, gâteau de noces immangeable, bonne affaire des traiteurs et des pâtissiers.

Elle se levait toujours la dernière, n'apparaissait en public que maquillée et coiffée de telle manière. Elle affectionnait une phrase, une expression fétiche, elle l'employait souvent pour nous dire ses nuits : « Je n'avais pas aussi bien dormi depuis la guerre. » On m'avait appris à la laisser parler sans lui accorder trop d'importance. Il valait mieux, en effet, ne pas lui répondre, éviter de lui poser la moindre question à ce sujet.

« Depuis la guerre ? » répétiez-vous par imprudence ou curiosité, elle poussait aussitôt un profond soupir de soulagement, vous prenait à témoin et vous racontait ses années de guerre à Rome, la conduite de son père qui avait changé de camp plusieurs fois :

– J'étais toute jeune fille, une gosse… (elle s'adressait à vous avec un certain toupet, vous empêchant d'avaler votre chocolat, de beurrer vos tartines, dans son français barbare et hésitant)… Je n'avais pas vingt ans. Saverio, mon père, trafiquait avec toutes sortes de gens, hommes, femmes, chiens, enfants et même les prêtres ! Une sale histoire, vous m'entendez, dites ? (Il convenait d'opiner de la tête en souriant poliment.) Il m'obligeait à porter des valises dans toute la ville de Rome. Aller, venir, escaliers à monter, escaliers à descendre. Si je n'obéissais pas, c'était le fouet ou la ceinture. Autant de coups que de valises perdues. Un jour, il m'avait envoyée à la prison centrale. Je devais apporter de la confiture et des fruits secs à un prisonnier, encore un ami de mon père qui avait dit aux Allemands, aux « tedeschi », sa façon de penser. La voisine, la signora Marchetti, m'avait confié ses deux petites filles pour que tout ça ait l'air plus naturel. Bon. J'y suis allée, moi, à la prison centrale, je n'avais pas trop le choix. Là-bas, je ne l'oublierai jamais de ma vie, un officier, « tedesco » bien sûr, un type plus grand qu'une porte, nous a reçues très gentiment, moi et les petites de la Marchetti. Il parlait mieux l'italien que nous. L'ami de mon père, ce crétin, s'était pendu dans sa cellule, avouez qu'il ne faut pas être très constructif pour faire une connerie pareille ! Bref, l'officier bien élevé, un vrai gentleman, nous a conseillé de filer. Nous avions toute la ville à traverser. A pied, oui, toute la ville. Et les bombes qui tombaient. A droite, à gauche, de tous les côtés. Arrivées piazza Torre Argentina, un homme nous a arrêtées, un homme en uniforme, avec une mitraillette. Encore un Allemand, qu'est-ce que vous croyez, mais moins civilisé celui-là, une vraie brute. Vous me suivez, dites ? (Elle posait, alors, ses mains sur les hanches afin de restituer la scène telle qu'elle l'avait vécue, elle tenait absolument à imiter le soldat, à reproduire son accent.) Et où allez-vous, comme ça, belle demoiselle ? Et qu'est-ce que vous avez dans votre sac ? Il jouait au plus malin, le bonhomme. La confiture était de la confiture anglaise, aux oranges amères. Et lui : vous savez combien ça coûte un pot de confiture de cette taille ? Il ne plaisantait pas. Heureusement, il y avait un café d'ouvert sur la piazza Argentina. Moi, pas folle, je fais celle qui a soif. Le soldat se propose de nous payer un petit rafraîchissement. A peine assise à la terrasse du café, je regarde les filles de la Marchetti : vous n'aviez pas envie de pisser, petites ? La Marchetti est une femme du peuple, elle n'a aucune instruction et les petites ne comprennent pas où je veux en venir. Alors, sans me déboussoler, je me lève sous les yeux de l'Allemand éberlué qui me regarde comme s'il voulait mon portrait par le Carpaccio, je prends Concetta et Maria-Pia par la main et j'explique au soldat que toutes les trois, on a besoin de faire. On rentre dans le café, on sort par la porte de la cuisine. On court encore, vous m'entendez ! Je parie qu'il nous attend toujours piazza Argentina. Moi, en tout cas, je n'y ai jamais remis les pieds. Même en voiture, même en taxi, je demande au chauffeur de faire le détour !

C'était un épisode parmi tant d'autres. Elle s'apercevait, alors, que vous n'aviez pas touché au bol de chocolat, aux tartines :

– Il faut manger un peu, Albert, regarde Vincent. Il a deux ans de moins que toi et il te dépasse de trois centimètres.

Elle gagnait la cuisine pour se faire réchauffer un peu d'eau.

Nous passions quelquefois nos week-ends ensemble, Vincent et moi, adolescents, plus souvent chez Spencer et Lea qu'à la maison. Nous aimions ces samedis et ces dimanches où l'on ne se quittait pas, où tout était permis.

Lea revenait à table avec une tasse propre, son eau chaude et des rondelles de citron qu'elle ne tardait pas à appliquer sur ses yeux.

– Mais, maman, avec ton rimmel, tes fards, ça va te piquer, la prévenait Vincent.

– Les piqués ici, c'est toi et ton père. Il part travailler de plus en plus tôt, cet imbécile. Incapable d'être le chef. Il subit, il subira toute sa vie, si ça continue. Ça se passe comme ça chez vous, Albert ?

– C'est différent, mes parents travaillent tous les deux.

– Quoi, tous les deux ? Et moi je ne fais rien, c'est ça que ça veut dire, tout juste bonne à jeter à la poubelle !

– Mais non, Lea…

– Madame, reprenait Lea. Madame Lamar. Quand je pense que je m'appelais Lopardi, que ce raté de ton père m'a fait perdre mon nom.

– On va aller jouer dans la chambre, proposait Vincent, si ça ne t'ennuie pas.

– Je ne m'ennuie jamais, moi, nous assurait Lea. Je ne sais pas ce que c'est que l'ennui. Je lis, je range, je vous prépare de quoi manger, je sors dans la rue, je parle aux gens qui ont une bonne tête et tout ce qui s'ensuit…

On ne jouait pas dans la chambre de Vincent. Vincent s'asseyait sur son lit et moi sur le mien à l'écouter. Il prétendait que ses parents formaient un très beau couple, qu'ils s'aimaient vraiment malgré les apparences. Il me parlait de Lea plus jeune, moins maquillée, quand elle ne coiffait pas encore ses cheveux en chignon.

– Elle a une peau incroyablement douce, tu sais.

Il évoquait les soirées qu'ils passaient à deux avec sa mère quand Spencer partait pour l'étranger. Lea lui épluchait des pommes, elle les lui découpait en rondelles fines, fines. Il leur était arrivé d'engloutir cinq pommes chacun, sans même s'en rendre compte.

Vincent se lovait contre Lea qui caressait les cheveux de son fils, inlassablement :

– Ils sont trop longs, Vincent, ce n'est pas beau.

– Et si je veux les garder longs, moi !

– Tu as envie de séduire qui, Vincent ? Elle est jolie au moins ?

– Forcément, c'est une Italienne.

En deux heures de vol, nos Italiennes avaient pris vingt ans. L'aéroport de Rome, Leonardo da Vinci, ancien Fiumicino, s'était modernisé, automatisé. Il possédait maintenant sa boutique duty free comme tout aéroport qui se respecte. Dans les années soixante, je me souviens, le terme lui-même était encore inconnu du personnel au sol. On ouvrait des yeux tout ronds, en levant les bras au ciel. « Essayez dans l'avion, peut-être », répondaient les rares initiés. A bord, en effet, le steward d'Alitalia vous vendait des alcools et des cigarettes ; il s'excusait toujours de ne pas avoir votre marque préférée, n'en avait jamais assez pour tout le monde. Il n'acceptait pas les gros billets faute de monnaie, s'embrouillait avec le change et finissait par vous en vouloir, vous conseillant d'attacher votre ceinture et de vous tenir tranquille.

Je dus discuter un certain temps le prix de la course Fiumicino-Rome avec le chauffeur de taxi, avant de monter.

– Via Frattina ? Bien sûr, acquiesça le type mais il y a deux manières d'aller via Frattina. Soit je laisse tourner le compteur et ça vous revient à quinze mille lires plus les bagages et la taxe d'aéroport, soit on convient une somme entre nous, mettons douze mille sans le pourboire, et le compteur fait la sieste.

Je choisis la deuxième solution, convaincu que le type y gagnait. Celui-ci m'expliqua pendant le trajet (je comprends l'italien sans le parler vraiment) qu'il considérait son compteur comme un être humain et vivant. Il avait un chien autrefois à côté de lui, dans la voiture, un caniche ; le chien était mort mais il avait eu trop de peine pour en racheter un autre. Alors, il avait reporté toute son affection sur le compteur. Il lui avait donné le beau prénom de Vittorio, en hommage à un acteur qu'il aimait particulièrement

– Vous savez, il s'exprime, Vittorio. Si un client ne lui plaît pas, par exemple, il ne se gênera pas pour tourner deux fois plus vite. Quand le client est une fille, attention une belle fille, il se met en grève, ce salaud. Et la fille ne paie rien ou presque. Vous n'êtes pas italien, vous ?

– Non, français.

– Une chance qu'on se soit entendus, que Vittorio ne se mêle pas de nos affaires, il ne supporte pas les Français, ni les Français ni les Espagnols. Moi je m'en fous, tous les clients se ressemblent.

Le chauffeur de taxi me déposa piazza di Spagna à l'angle de la rue ; je n'avais emporté qu'une petite valise et l'hôtel était situé à moins de cent mètres. Je vis que la façade de l'Albergo Frattina avait été ravalée, le hall repeint. On avait posé du tissu dans les chambres.

– De la couleur du soleil, souligna le bagagiste. S'il n'entre pas dans la pièce, vous l'avez sur les murs.

Il faisait gris, gris et moite. J'attendis d'être seul pour ouvrir très doucement la porte de la salle d'eau. Je fus ravi de constater qu'il n'y avait toujours pas de baignoire.

La première fois, le concierge de l'hôtel se trompa de numéro et me passa la réception d'un autre hôtel. Le concierge, qui écoutait toutes les conversations téléphoniques, me demanda si j'avais l'intention de les quitter pour l'hôtel en question, m'avertissant que, dans la mesure où j'avais occupé la chambre plus d'une heure, je devrais la payer intégralement. Je lui signalai son erreur de chiffre, et il recomposa le numéro qui ne sonnait pas libre. Finalement, j'entendis une voix de femme au bout de l'appareil, j'avais une chance sur deux :

– Anita ?

– Anita est sortie, je suis Lea, la sœur d'Anita. Qui parle ?

– C'est Albert.

– Déjà arrivé. Alors, bon Noël Alberto. Bon Noël et bonne année. Il n'est pas trop tard, non ?

La joie de Lea ne semblait pas feinte. Elle raccrocha pourtant très vite car Roberto attendait une communication de travail, il s'impatientait afin qu'elle ne garde pas la ligne trop longtemps :

– Mais venez Alberto. Venez ce soir, à six heures. Roberto est d'accord. Tu es d'accord, Roberto ? Oui, sans faute.

Lea n'effectuait à Paris que des séjours très brefs. Je savais qu'elle avait assisté au mariage de Vincent, qu'elle connaissait le duplex de la rue Alasseur. J'avais dû l'apercevoir une fois au music-hall, une seule fois depuis que Vincent faisait partie de l'orchestre.

Roberto vivait entre les deux sœurs Lopardi. Anita et Lea n'avaient qu'un an de différence. Anita était la plus vieille et déjà dans la place, Lea aussi avait accepté de décolorer ses cheveux et de ne jamais jouer à la maîtresse de maison pour qu'on ne les confonde pas.

Ils habitaient un quartier résidentiel où l'on avait beaucoup construit ces dernières années. Vincent disait que leur immeuble via Salaria était le plus beau de la rue : « Regarde, regarde comme il est rose ! »

L'immeuble était rose, c'est vrai, et leur appartement assez vaste pour recevoir du monde à dîner : « Et qui veux-tu que j'invite ? Pourquoi je vais courir le risque de me gâcher une soirée ? » déclarait Roberto à Anita, prête à inviter les gens de l'immeuble rose à visiter son bel appartement.

En vingt ans, Roberto avait réussi à se détacher de tout et de tout le monde. Sans enfant, il n'avait plus de réelle activité, épuisait lentement le solde de ses rentes, quelque héritage, le revenu de ses champs d'orangers. Il avait conservé sa mitraillette, chargée à blanc, afin d'intimider les passants de la via Salaria s'ils parlaient trop fort le soir.

Roberto avait fait monter sa famille calabraise à Rome, il imaginait exercer sur eux une quelconque influence, un certain pouvoir mais il ne les voyait pas, eux non plus. Tout se passait par téléphone, les communications importantes, c'étaient eux : une sœur en larmes s'était battue jusqu'au sang avec une autre sœur ; son frère avait contracté une maladie honteuse en faisant le jeune homme.

Avec sa femme, Roberto avait conclu un arrangement, comme un accord tacite : personne à la maison. Pas d'étrangers à qui Roberto n'avait rien à dire, pas de familiers qui, selon Anita, mettaient du désordre et salissaient partout.

Ainsi Lea leur était devenue indispensable, unique sujet de conversation, seul motif de dispute et de conciliation.

Ils avaient songé à la remarier au début de son installation à Rome, mais, à chaque fois, cela s'était très mal terminé. Lea ennuyait les hommes avec ses histoires de divorce, ses souvenirs de guerre et son fils musicien. Elle ne refusait pas les caresses mais renonçait toujours à aller plus loin et les hommes se lassaient.

Ils pensèrent plus tard lui trouver un emploi, quelque chose de stable : « Comme ça, on ne l'aura plus entre les jambes ! » avait dit Roberto. Lea fut engagée dans une boutique de prêt-à-porter grâce à sa bonne connaissance du français mais elle décourageait les clientes d'acheter quoi que ce soit, jugeant les robes trop chères ou mal coupées.

Elle travailla aussi chez un antiquaire du Corso où elle laissait partir les meubles au dixième de leur prix. On finissait toujours par la renvoyer et elle d'accuser ses patrons d'ingratitude.

Un jour, Roberto se sépara de sa femme de chambre et Lea crut bon de la remplacer. Ils la regardèrent vieillir pour ne pas se voir eux-mêmes.

Ils avaient vieilli tous les trois sans vieillir tout à fait. Je les aurais reconnus parmi cent mille : un couple parfait flanqué d'une petite femme au chignon ridicule.

Lea vint m'ouvrir la porte à six heures précises.

– Débranche l'alarme, inconsciente ! lui ordonna Roberto depuis le salon.

Je dus patienter une minute ou deux sur le palier, le temps pour Lea de désamorcer le système.

– Remets-le, maintenant qu'il est rentré.

Roberto avait tout prévu et l'alarme marchait vingt-quatre heures sur vingt-quatre. En principe, les systèmes de ce genre ne fonctionnent que dans les appartements vides, inhabités mais Roberto vous soutenait, lui, qu'il était plus rassuré ainsi :

– Et quand je dors ? Quand Lea s'enferme dans la cuisine et Anita dans la salle de bains ? Et quand il y a des chanteurs à la télé qui hurlent dans leur micro ?

Lea me précéda jusqu'au salon. Anita lisait une revue de décoration, Roberto, à demi noyé dans son fauteuil, en robe de chambre et pantoufles, jouait à manipuler le changeur de chaînes de la télévision :

– Vous savez combien on peut en prendre chez nous ? Dites un peu, oui, dites voir un chiffre !

– Une dizaine ?

– Trente-six, mon cher ! Y compris la France. Et rien que des programmes fameux. Des films, des documentaires, des dessins animés pour les petits et même des pornos à partir d'une certaine heure, très poussés, vraiment écœurants comme il faut. Tenez, dans cinq minutes, sur la Voxson, la Voxson retransmet jour et nuit, mon cher, on va bien voir si ce con de Colombo trouve le coupable. Il est franchement con ce Colombo, non ? Il met une heure à arrêter l'assassin. Remarquez, ça fait durer le film comme ça. Ils sont sûrement obligés à cause des horaires.

Anita m'offrit à boire :

– Un petit whisky, Albert ? Mais servez-vous vous-même, j'en verse toujours trop. Lea, amore, tu vas chercher la glace.

Je leur donnai des nouvelles de Vincent, de Nathalie, du théâtre mais Roberto me coupa bientôt la parole :

– Et qu'est-ce que vous venez faire à Rome, tout seul ?

– Je dois rencontrer les gens d'une maison de disques.

– Et on peut savoir laquelle ? fit-il, l'air intéressé.

– Ricordi.

Ricordi était la seule que je connaissais. Roberto s'étonna que Ricordi m'ait fixé un rendez-vous entre Noël et le jour de l'An.

– Et où êtes-vous descendu ?

– Au Frattina.

– Le Frattina, attendez, mais oui, c'est là que Vincent avait couché avec cette droguée, pardi. Je m'en souviens comme si j'y étais.

Le générique de la série *Colombo* défilait sur l'écran géant. Roberto, fasciné, oublia Irina et Vincent. Il s'enfonça un peu plus dans son fauteuil afin d'oublier notre conversation.

Anita en profita pour me montrer les dernières transformations qu'elle avait apportées à l'appartement. Lea nous suivait en silence.

Je ne voulus pas les déranger plus longtemps, je sentis que je n'en avais pas le droit, que Roberto ferait des histoires. Je les remerciai pour le whisky avant de prendre congé.

Lea débrancha l'alarme, à nouveau, m'accompagna jusqu'à l'ascenseur et, très vite, très bas :

– Je fais le marché via Po, le matin, me dit-elle. Entre dix et onze heures. Vous viendrez ?

Il lui restait les fruits à acheter. Lea m'apprit que Roberto aimait les poires très mûres, que c'était la saison des poires et qu'elle se dépêchait. Elle me confia son panier le plus lourd :

– Attendez-moi au bar, là. Demandez un café taché.

– Taché ?

– Oui, ils font le café trop noir, on dirait du concentré, alors, ils vous le tachent avec une goutte de lait.

Elle revint au bout d'une dizaine de minutes, consulta sa montre :

– Nous avons un bon quart d'heure. On est bien debout, non ? Pas la peine de s'asseoir.

– Comme vous voulez, Lea.

Ce n'était pas un vrai bar, on y vendait un peu de tout, de la charcuterie, des boîtes de conserve et des douceurs. Lea y passait toujours avant de rentrer chez elle. Elle dépliait la liste de ses courses :

– Comme ça, si j'ai oublié quelque chose, je suis sûre de le trouver ici. Vous avez compris pour hier soir ?

– Compris quoi ?

– Comment ? Ça ne vous a pas sauté aux yeux ? Roberto a tourné fou, Albert. On ne l'enferme pas parce qu'il est le patron, le chef de famille et que ça ne se fait pas dans notre pays.

– Vous exagérez Lea…

– Oh ! vous verrez, nous tournerons folles, nous aussi. Impossible de résister, c'est trop tentant, tellement commode. Ça doit être extraordinaire de tomber fou. Anita prétend qu'il y a un problème, c'est qu'on ne s'en rend même pas compte. Mais moi, je garderai le minimum de présence d'esprit pour m'en apercevoir. Et là, j'aurai droit à tout. J'achèterai les poires vertes, je ferai cuire du savon de Marseille, je mettrai de vraies balles dans la mitraillette de mon beau-frère. Il est bon ce café, non ?

– Lea, j'aimerais que Vincent ne sache pas que je suis venu à Rome.

– Pourquoi ?

– Cette maison de disques, Ricordi. Il s'attendait à être contacté lui aussi. Il risquerait d'être déçu. Ce n'est pas mal payé…

– C'est vrai qu'il est émotif, mon Vincent. Et les femmes, dites un peu, comment ça va de ce côté-là ?

– Vous voulez dire Nathalie ?

– Mais non, les femmes, elles lui courent toujours après ? Quel succès il ramassait ! Il aurait pu les avoir toutes, vous savez, il n'avait qu'à remuer la queue, comme les chiens. Même ma sœur Anita avait un penchant pour lui quand elle était plus jeune. Mais quel mauvais caractère, un vrai mufle ! Les ravages qu'il faisait ici à Rome, vous n'avez pas idée, Alberto !

– Vous avez connu une Eleonora ?

– Eleonora… Attendez… La petite Lana ? Comment, il vous en a parlé ? Qu'elle était belle, la petite Lana. Elle s'était amourachée de lui, mais amourachée au point de faire une bêtise, vous entendez !

– Et lui ?

– Lui, il ne la regardait même pas. Et moins il la

regardait, c'est classique, plus elle marchait, pauvre fille. Il arrivait deux lettres par jour à la maison, la lettre du matin et la lettre du soir. Je me rappelle, vous pensez, c'est moi qui les lisais à Vincent quand il prenait son bain. Le matin, la petite Lana suppliait mon fils de répondre à sa lettre de la veille au soir et le soir à celle du matin. Vincent sortait de la baignoire, je lui demandais ce que je devais faire de la lettre. Et lui : « Mange », il rigolait, « Mange, faut pas que ça repousse ! » J'avais de la peine, vous savez. Mon intérêt à moi, c'était tout le contraire. Ça m'aurait bien plu qu'il l'épouse, la petite Lana…

– Vous l'aviez rencontrée ?

– Plus d'une fois… Elle n'appartenait pas à notre milieu, bien sûr, je parle d'argent, de réputation, mais, sur le papier, elle valait mieux qu'une vendeuse de la Standa !

– Et vous savez ce qu'elle est devenue ?

– Et comment je le saurais, moi ? Ça remonte à plus de quinze ans. Au début, bien sûr, je la voyais souvent. Nous parlions de Vincent, quand il était à Vienne chez son père. En français, je me souviens qu'elle insistait pour parler français avec moi. Elle s'imaginait faire des progrès. Et puis, quand Vincent s'est fixé à Paris, j'ai expliqué à la petite Lana que nous avions perdu, toutes les deux, je l'ai même un peu secouée pour qu'elle ne se détruise pas la vie.

– Et depuis, rien ?

– Rien, non. Je l'ai peut-être croisée une fois, dans le centre, mais ça ne date pas d'hier. Il y a bien quatre ou cinq ans.

– Mariée.

– Ça, elle ne me l'a pas dit. Elle n'était pas à son

avantage, ce jour-là. Mal habillée, mal coiffée. Besoin d'argent, sans doute. C'est elle qui m'avait reconnue, à cause de mon chignon. Elle voulait toujours Vincent, son Vincent… Moi, j'ai filé.

– Elle habitait dans le centre ?

– Vous n'y êtes pas du tout. A l'époque, elle vivait dans le quartier juif. Ce n'est pas moi qui serais allée chez elle : il fallait passer par la piazza Argentina, vous vous souvenez, le café, le soldat allemand, les petites de la Marchetti ? Elle habitait un peu plus haut, via del Progresso, un numéro impair, le 15 ou le 17. Avec sa sœur.

– Sa sœur ! Elle avait une sœur ?

– Eh bien oui, moi aussi, j'ai une sœur. Tout le monde ne peut pas être fils unique comme vous ou Vincent. Mais pourquoi, vous me demandez tout ça… ?

– On parle, autant savoir.

– Vous n'écririez pas un roman, dites ? Ça a toujours été mon rêve, ça, de devenir le personnage d'un roman. Il y a un écrivain qui vit dans notre immeuble, mais je n'ai pas de chance, c'est un écrivain de science-fiction. Il m'a remarquée, forcément, j'ai tout fait pour ça. Mais pour rien, je me suis donné tout ce mal pour rien. Chaque livre qu'il sort, je me précipite chez Rizzoli, via Veneto, ils me le mettent de côté. Ce sont toujours les mêmes histoires d'extra-terrestres, illisibles…

Je payai les cafés tachés, il était presque onze heures.

– Onze heures, mon Dieu !

Je tendis à Lea son panier le plus lourd avant de l'embrasser.

– Un, deux, trois ! Moi, Albert, j'embrasse toujours

trois fois. Vous trouvez que c'est trop ? Anita dit que mes baisers font du bruit, un bruit affreux, que c'est insupportable.

– Mais non Lea, je vous appelle. C'est promis.

Je marchai jusqu'à la villa Borghese où on louait toujours des vélos. Un autre loueur, d'autres enfants. J'aurais pu courir via del Progresso, dans le quartier juif de Rome mais je voulus prolonger cet instant, savourer mon plaisir. Je n'avais rien ressenti de comparable dans toute ma carrière de chef d'orchestre. Mes recherches avaient abouti à quelque chose de concret. Je venais d'être grassement payé par Lea, cent fois le prix que la maison Ricordi aurait pu me proposer. Plus rien ne m'arrêterait dès lors.

Je me rendis via del Progresso au début de l'après-midi. Le 15 correspondait à une pharmacie, on ne connaissait pas de Lana au 17 et le 19 n'existait pas. Je repris la rue depuis le numéro 1. Au 7, finalement, le gardien de l'immeuble m'apprit qu'Eleonora et Serena Lana avaient déménagé depuis au moins six ans.

– Vous faisiez suivre son courrier ?

Je mis longtemps à me faire comprendre dans ce qu'il me restait d'italien.

– Elles ont fait quelque chose de mal ? Ça ne m'étonnerait pas. Elles ne payaient plus leur loyer, ici…

– Je dois les retrouver, vous n'avez pas une idée ?

Le type appela sa femme et sa femme lui apporta un cahier de brouillon, un cahier d'écolier sur lequel il notait les adresses des anciens locataires :

– Lana. Voilà, quand on a un peu d'ordre, de discipline. Lana, via San Valentino 29.

Afin de le remercier, je lui offris un billet de mille lires qu'il refusa énergiquement en se voilant la face :

– Je suis concierge, monsieur, pas mendiant.

Je m'étais réjoui trop vite. En consultant la liste des locataires dans le hall de l'immeuble de la via San Valentino, je m'aperçus que personne ne répondait au nom de Lana. Je pensai qu'une des sœurs avait pu se marier et perdre son nom de jeune fille.

La gardienne arrosait les fleurs dans le jardin. Il s'agissait d'un immeuble de construction récente, mal achevée :

– Lana ? Ça ne me dit rien, vraiment rien, aboya la « portiera ».

Elle portait un survêtement de gymnastique aux couleurs de l'Inter qui la doublait de volume.

– Deux femmes ont pourtant bien habité ici, sous ce nom ?

– Un couple de femmes ?

– Deux sœurs. Les cheveux noirs, assez maigres, la peau très blanche.

Je m'étais mis à décrire malgré moi l'inconnue à l'imperméable et son double.

– Nous avons eu deux religieuses, oui, les sœurs Pugliese. Des locataires charmantes, irréprochables. Et puis, très généreuses : dix mille lires à Pâques, vingt mille à la Noël !

– Faites un effort, je vous en prie, elles n'étaient pas religieuses.

– Vous êtes un parent ?

– Non, pas exactement.

– Alors, de quoi je me mêle ? me reprocha-t-elle, prenant son rôle trop au sérieux. J'ai été très malade, moi, figurez-vous. Je ne les ai peut-être jamais vues, vos deux femmes. J'ai traîné plus d'un an d'hôpitaux en hôpitaux…

– Et pendant votre absence, on a bien dû vous remplacer ?

– Oui, hélas, cette sorcière de Rondi. Elle avait salopé mon studio sans vergogne. Elle recevait des hommes ici. Elle fait la concierge au 36, maintenant. Je me demande bien comment elle a obtenu sa place.

La Rondi était une femme assez belle d'une quarantaine d'années, une « nature ».

Elle regardait la télévision, dans sa loge, elle se leva pour baisser le son quand elle me vit frapper à la porte.

– Pardonnez-moi, c'est la gardienne du 29 qui m'envoie. Vous avez travaillé là-bas, il y a quelques années…

– Il y a cinq ou six ans, oui. Et qu'est-ce qu'elle vous a dit ? Que je couchais avec tous les locataires du quartier, non ? Sous prétexte qu'on est concierge, on ne devrait pas avoir de vie sexuelle dans ce pays ! Le dottore Falcati était discret, pourtant, une souris !

– Ce n'est pas pour ça que… Je recherche les sœurs Lana.

– Eleonora ? Serena ?

– Vous vous souvenez ?

– Entrez, entrez. (Elle m'autorisa à m'asseoir et me proposa un morceau de *Panetone*.) On me l'a offert pour la Noël, ça me fait grossir, vous comprenez. Eleonora et Serena sont restées très peu de temps au

29 mais elles, au moins, elles étaient de mon côté. Il faut dire que ça défilait chez elles. Moi, je fermais les yeux sur le va-et-vient et, elles me fichaient la paix avec Falcati.

– Vous avez peut-être leur adresse ?

– Elles sont parties au bout de six mois. Les loyers sont chers ici, vous savez. Attendez.

La Rondi disparut un court instant dans le réduit qui lui servait de chambre à coucher. Elle sortit d'un placard un carnet répertoire sur lequel elle inscrivait les coordonnées de son peu d'amis :

– Oui, c'est ça. Elles avaient trouvé un petit appartement en dehors de la ville, près d'Ostia. Elles m'avaient même invitée une fois à leur rendre visite. Peut-être qu'elles y sont encore, voilà l'adresse en tout cas, ça ne vous coûte rien d'essayer. Vous n'êtes pas italien, vous ?

– Non. Ça s'entend, n'est-ce pas ?

– Ce serait gentil de me copier la vôtre d'adresse, là, à la lettre qui correspond à votre nom. Je n'ai aucun étranger sur mon répertoire.

Je m'exécutai et elle :

– Palm, quel nom magnifique ! On ne doit jamais s'attirer d'ennuis avec un nom pareil !

Il était trop tard et j'attendrais le lendemain pour aller à Ostie. J'appelai Dominique de mon hôtel. Raoul avait emmené les enfants au cinéma.

– Tu crois que c'est bien prudent ? demandai-je à ma femme.

– Et toi, tu es prudent, au moins ? On ne t'a pas prévenu, il paraît que trop faire l'amour enlève la mémoire. Tu me la passes pour que je le lui dise ?

– Je suis seul, Dominique. Je t'aime.

– Oui, mais au téléphone, c'est dommage, tu ne peux pas faire de gestes pour me montrer combien.

MARESOLE
Strada communale 231
Viale blu E 4

Le taxi me déposa sur la route entre Ostie et Castel Gandolfo, devant un ensemble de bungalows, inhabités pour la plupart en cette période de l'année.

J'étais parti de bonne heure : le petit déjeuner à l'Albergo Frattina n'arrivait plus froid mais tiède. La direction de l'hôtel avait dû passer un accord avec un café plus proche.

– Vous êtes sûr que c'est ici ?

– Regardez vous-même, maugréa le chauffeur. 231 ! Quand les plages étaient propres, c'était un endroit très prisé, vous savez. Maintenant, tout est pourri, les plages, la mer, le pays entier. Vous venez pour louer ? Si vous voulez un conseil, ne vous décidez pas trop vite. Ce n'est plus fréquenté comme ça l'était avant. Bien sûr, ça dépend du prix qu'ils en veulent…

– Je n'ai pas l'intention de louer. Je viens voir des amis.

– Des amis, ici ! en plein hiver ! Ça doit être fermé…

Ce n'était pas fermé. Un homme hirsute, le gardien,

probablement, sortit d'une cabane en bois située à l'entrée :

– Vous cherchez quelque chose ?

– Le viale blu.

– Vous travaillez pour la Finar ?

– La Finar ?

– Ah ! non, je croyais. C'est pourquoi alors ?

– Je dois voir quelqu'un, c'est interdit ?

Il s'excusa, m'expliqua qu'il n'était plus tellement habitué à recevoir des visiteurs. Il m'indiqua l'allée bleue, en me précisant qu'il n'y avait guère qu'une personne susceptible de m'attendre :

– La Lana, il n'y a que la Lana qui habite ici en ce moment.

– Bungalow E 4, je sais.

– Ah ! non. E 4 est un bungalow double. Depuis le départ de sa sœur, la Lana est au C 2, mais c'est dans la même allée.

Elle avait mon âge, peut-être un peu moins, les cheveux noirs et la pâleur extrême de la fille à l'imperméable mais ce n'était pas elle et j'en fus déçu.

Il y avait un bac de sable devant chaque bungalow, elle avait planté un sapin dans le sable. Le sapin avait pris la pluie, le vent avait dû le renverser. Je la découvris accroupie en train d'essayer de redresser l'arbuste.

– Tenez, ça ne vous ennuie pas de m'aider, me demanda-t-elle.

Je m'approchai sans un mot et réussis à replanter le sapin du premier coup.

– Vous êtes le type de la Finar ?

– Mais non, enfin, je ne sais même pas ce que c'est…

– Vous avez un drôle d'accent, je me trompe ou vous êtes français ?

– Je suis français.

– Je parle très bien le français, me dit-elle. Je l'ai étudié quand j'étais plus jeune.

Elle m'apprit que la Finar avait racheté la totalité des bungalows pour une bouchée de pain, qu'il était question de transformer l'ensemble en hôtel :

– Il y a encore dix ans, ils auraient payé Maresole une fortune, mais aujourd'hui, ça ne vaut plus rien.

Il lui restait une bonne partie de l'hiver pour trouver un autre logement et un nouvel emploi. Jusqu'à la fin de la saison dernière, elle travaillait, en effet, comme serveuse au bar de la plage.

– Mais si vous n'êtes pas de la Finar, qu'est-ce que vous venez faire ici ?

Je m'aperçus que je ne m'étais même pas présenté :

– Je m'appelle Albert Gange.

– Lana.

Elle avait prononcé son nom très faiblement avant de me serrer la main.

– Je venais vous voir, Eleonora.

Nous étions entrés dans le bungalow, composé d'une seule pièce assez grande où elle avait installé son lit, une table et quelques chaises. Des livres, certains en français, des disques et des journaux illustrés traînaient un peu partout, sur le lit, la table, par terre aussi. Les nombreux placards encastrés dans les murs ne lui servaient qu'à ranger ses vêtements.

Je lui racontai que, de passage à Rome, j'avais rencontré la mère de Vincent ; son nom était revenu souvent dans la conversation, j'avais eu simplement envie de la connaître.

– Vincent est mon meilleur ami, vous l'avez aimé.

– Et mon adresse ?

– C'est la Rondi qui me l'a donnée.

– Je parie qu'elle vous a parlé de Falcati, ça avait fait tout un scandale dans le quartier.

Elle s'était assise sur le lit et moi sur une chaise en face pour mieux la regarder. Elle n'était pas belle comme Lea le disait et ressemblait finalement assez peu à la fille de la loge.

– Vous vivez ici toute l'année ?

– J'y vivais, oui. C'était le seul moyen. Divisé par douze, ça me faisait un loyer raisonnable, pas trop cher.

Je lui dis l'orchestre à Paris, le théâtre, Dominique et mes enfants afin de la mettre en confiance. J'avais senti qu'elle n'aborderait pas le chapitre Vincent sans que je l'y invite :

– Votre sœur est partie depuis longtemps ?

– Un an exactement, juste après la Noël. Elle en avait assez. De moi, de Maresole, de Rocco, le gardien, toujours à lui faire des avances.

– Elle est retournée à Rome ?

– Au début, oui. Après, j'ai manqué de nouvelles. Une carte postale, de temps en temps. Ma sœur n'aime se fixer nulle part, alors elle s'amuse. Change de ville, de travail, d'amoureux…

– Elle connaissait Vincent, elle aussi ?

– Je n'ai rien à dire sur Vincent. Si vous êtes venu pour moi, c'est bien. Si c'est lui qui vous a demandé de passer, je préfère qu'on arrête tout de suite.

Je la fis parler d'elle, des clients du bar de la plage, des derniers occupants des bungalows… Je perdais mon temps, je n'en tirerais rien. Je n'avais aucun droit sur cette femme, je ne pouvais même pas la brutaliser comme l'aurait fait un vrai policier en service.

Elle me réclama un peu d'argent, pour finir :

– Ça me dépannerait.

Je lui donnai tout ce que j'avais sur moi moins vingt mille lires que je gardai pour le taxi du retour.

– Vous n'allez jamais en trouver. Déjeunez plutôt ici. Avec moi…

– Je ne veux pas vous déranger. Le gardien, ce Rocco, il a sûrement le téléphone.

– Oui, vous pouvez essayer. (Elle marqua un temps, et puis, tandis que je reprenais mon manteau.) Je ne te plais pas, c'est ça ?

Rocco semblait m'attendre, il terminait son repas, sa bière :

– C'est une amie à vous, la Lana ?

Je lui répondis qu'elle n'était que l'amie d'un ami.

– Peut-être, vous n'avez pas vu la bonne, me déclarât-il. L'autre, la sœur, c'était quelque chose. Serena, elle, est toute molle, toute triste…

– Vous voulez dire que c'est Eleonora qui est partie ?

Je courus jusqu'à l'allée bleue, le bungalow C 2, suppliant Serena de m'ouvrir :

– Excuse-moi, criai-je, j'ai compris maintenant…

Elle riait derrière sa fenêtre, elle me désignait le sapin que le vent avait déjà déplanté. J'étais prêt à briser son carreau, à forcer sa porte au risque de me blesser mais elle me laissa entrer plus facilement :

– Eh bien, tu as compris quoi ?

– Que tu es Serena.

– Si Rocco te l'a dit, ce n'était pas compliqué.

– Pourquoi m'avoir menti ?

– Pourquoi ? Tu venais voir Eleonora, si je t'avais dit qu'elle n'habitait plus ici, tu m'aurais demandé son adresse et moi, son adresse, je ne la connais pas. Alors, tu serais parti.

– Tu as gagné une heure, c'est ça que tu voulais ?

– J'aurais pu gagner davantage, il suffisait que tu en aies envie.

Elle ne mentait plus, me montra les cartes postales d'Eleonora, deux d'Italie, une du midi de la France.

– Tu devrais avoir des photographies, que je vois au moins à quoi elle ressemble…

– Je n'ai pas de photographies. Elle a tout emporté d'elle.

– Et si ta sœur avait disparu, Serena ?

– Elle a disparu. J'étais la dernière personne à lui rappeler Vincent. Alors, elle m'a éliminée, moi aussi.

– Mais que s'est-il passé entre eux ? Que s'est-il passé, vraiment ?

– La mère de Vincent te l'aura dit…

– Dis-moi, toi, je préfère…

– Entre eux, c'est une histoire courte, ça n'a duré que quelques semaines, quelques mois au plus. C'est elle qui en a fait sa vie. Tous, nous avons tenté de la raisonner mais non, elle le voulait malgré tout. Il y a eu d'autres hommes, d'autres histoires plus longues qui n'ont rien effacé.

– Elle n'a pas essayé de le revoir ?

– Eleonora avait son honneur et puis, elle respectait Vincent. Elle a appris à l'aimer sans retour ni réponse.

– Même avant son départ, elle ne t'a rien dit ?

– Eleonora ne disait plus rien à personne, personne d'autre que Vincent.

Serena m'interrogea à son tour, elle voulut savoir si Vincent ne m'avait pas envoyé jusqu'ici, pourquoi tant de questions. Je lui répondis que j'étais venu de mon plein gré, que la vie de Vincent m'importait autant que la mienne, que j'étais curieux de tout ce qu'il avait fait.

– Tu dois l'aimer ton ami, ironisa-t-elle.

Mes explications l'avaient laissée rêveuse.

Je m'assis près d'elle sur le lit, besoin, envie de lui prendre la main, la caresser mais elle se raidit :

– Tu t'en vas, maintenant, m'ordonna-t-elle.

– Je croyais que…

– Tu ne croyais rien du tout.

Serena s'était levée brusquement, m'avait jeté mon manteau à la figure si fort que je faillis ne pas le rattraper :

– Fais attention, tu aurais pu le salir. Tu veux vraiment que je m'en aille ?

Son silence me le confirmait.

– Serena, je ne comprends pas, nous étions bien.

– Je ne suis plus bien du tout. D'accord ?

Elle ne me servait plus, n'allait rien ajouter à l'histoire d'Eleonora et de Vincent et je n'insistai pas. Rocco possédait bien le téléphone, j'attendis le taxi près d'une demi-heure sur la route. Je me fis avoir comme un touriste. Je n'avais pas assez de mes vingt mille lires et je dus monter dans ma chambre d'hôtel pour trouver la différence.

Je dînai seul, ce soir-là, dans un restaurant de la piazza del Popolo, un restaurant d'acteurs, de journalistes, gens du spectacle. Je reconnus certains visages qui m'étaient familiers, Felice Scampo à ses moustaches grisonnantes, son rire gras et communicatif. Ornella Lewis, la dernière découverte de Zanon, à sa tenue audacieuse. J'aurais pu m'inviter à leur table, échanger avec eux des impressions, des idées générales mais, comme le chef d'orchestre de Vienne, ils appartenaient à un autre monde que le mien.

J'étais revenu au point mort ou presque, bien incapable de résoudre l'énigme. Je me persuadais que Vincent avait tué Eleonora et puis, l'instant d'après, que c'était impossible, qu'il me fallait la retrouver pour en avoir la conviction. Mais où et comment la retrouver ?

Je ne connaissais pas son signalement, ses manies, son odeur. Je ne disposais même pas d'un objet lui ayant appartenu, un objet comme on en donne aux chiens quand un enfant a disparu. Devant Lea et Serena, j'avais mesuré mes limites. Il m'était impossible de me livrer à une enquête approfondie à moins de passer pour fou.

Je sortis mon carnet de ma poche afin de compter les

femmes vues : sept seulement, de Marion à Marie-Pierre, d'une liaison durable à une fille d'un soir. Huit au mieux, en acceptant d'y inclure Serena. Je me doutais bien que Vincent avait aimé plus de femmes que mes sept ou huit noms cochés mais ce petit nombre comparé à mes conquêtes personnelles me parut régulier et rassurant. La neuvième serait Eleonora.

Je marchai jusqu'à via Veneto, il n'était pas très tard, le temps s'était éclairci. Je m'installai au bar chez Doney, pour commander une glace. Le choix des parfums me sembla aussi extravagant qu'autrefois. J'avais acheté quelques journaux français que personne n'aurait songé à voler.

Bientôt, une fille, d'une table voisine, me demanda l'heure, du feu, un journal à lire. A mon accent, elle comprit comme les autres que j'étais étranger.

Il s'agissait d'une occasionnelle, apparemment en règle et connue des garçons du café qui la laissaient travailler à condition qu'elle paye ses verres. Une conversation s'engagea car la fille me plaisait. Elle n'était pas très grande, plutôt ronde. La vulgarité qu'elle dégageait forçait l'admiration tant les détails de coiffure, d'habillement, de comportement avaient été étudiés et testés depuis longtemps.

Je voulus l'amener à mon hôtel mais elle préféra me conduire chez elle, m'assurant qu'il y avait tout le confort, la discrétion, que ce n'était pas loin. Nous étions convenus d'un prix en lires pour deux heures : avec le change, le prix devenait avantageux.

Je la suivis donc via Lombardia, descendis avec elle porta Pinciana. Nous arrivâmes via Francesco Crispi où elle habitait, à côté d'un magasin d'électroménager. Je m'attendais à un studio anonyme, bien adapté à la situation.

La fille me pria de retirer mes chaussures, avant d'entrer, afin de ne pas réveiller ses parents et son frère, ignorants tous trois de ses activités nocturnes. Le peu que je vis de l'appartement ne correspondait pas au schéma classique. Meubles d'époque, longs couloirs, couleurs pastel.

La chambre de la fille, belle et vaste pièce (des gravures au mur représentant un groupe de jeunes enfants à la plage), n'aurait permis à personne d'imaginer sa fonction véritable.

Elle ne m'avait pas menti et me montra son cabinet de toilettes particulier, dissimulé derrière un paravent. Elle ferma la porte, donna deux tours de clé dans la serrure et retira rapidement ses vêtements.

Son manteau glissa sur le sol brillant puis la robe, elle ne portait rien d'autre, ne risquait pas de perdre plus de temps.

– Vous n'avez jamais froid ? lui dis-je.

Elle me sourit et :

– Comment tu l'aimes ? me demanda-t-elle, comme un service à lui rendre.

Je n'avais pas envie de décider, je choisis de ne pas me déshabiller :

– Je t'aime beaucoup.

– Pas moi, voyons. Je veux savoir comment tu aimes le faire ?

– Tu vas le faire toute seule, je vais te regarder. S'il y a un supplément…

– Pour être franche, me déclara la fille, ce serait plutôt moins cher. J'adore ça. Mais je te préviens, j'y arrive trop vite, tu seras déçu.

Je lui promis que non, que je ne désirais rien d'autre et la fille commença à se donner du plaisir. Elle ne me quittait pas des yeux et ses yeux me parlaient.

– Tu serais gentille de ne pas me regarder.

– Tu me regardes bien toi, répliqua la fille, c'est meilleur si je te regarde aussi. Ça t'ennuie vraiment ?

Elle fut heureuse en quelques minutes à peine, je n'en tirai aucune satisfaction. Il était prévu que je reste deux heures mais je l'autorisai à se couvrir :

– Tu peux me faire un café, maintenant ?

– Un café, à cette heure-ci ? Mais ça va t'empêcher de dormir.

– Je veux un café.

La fille disparut un court moment dans la cuisine. Je la félicitai bientôt pour la qualité de l'arôme, du dosage et elle :

– Tu veux que je le refasse ?

Il n'était pas question du café mais bien du plaisir qu'elle prenait à s'aimer devant des inconnus.

– Eleonora Lana. Ça te dit quelque chose ?

Ma question l'avait étonnée.

– Elle fait comme moi ? Chez Doney ? Tu es parti avec elle, un soir ?

– Tu ne la connais pas ?

– Non, mais tu sais, on est tellement nombreuses.

– Tu te trompes. Elle ne fait pas du tout ce que tu fais.

– Qu'est-ce que tu en sais ? me répondit-elle, agacée. Si tu crois que mes parents, mon frère, les gens de l'immeuble ont la moindre idée de ce que je fais, moi… C'est ta femme, ta maîtresse, ta sœur ?

– Non.

– Alors ?

J'admis qu'elle avait sans doute raison, je bus une deuxième tasse de café afin d'être bien sûr de ne pas dormir du tout. Il est des sommeils que l'on ne mérite pas, qu'il faut apprendre à refuser. La fille me signala qu'elle m'appartenait pour une heure encore.

– C'est bien comme ça, continue sans moi.

Je retrouvai Lea le lendemain matin, devant le comptoir de ce bar du marché. Elle me reprocha de ne pas avoir téléphoné, me remercia d'être venu et m'embrassa trois fois, comme elle aimait :

– Vous n'avez vraiment rien de mieux à faire, à Rome ?

– Je pensais que vous seriez heureuse de bavarder avec moi…

– Mais je blaguais, Albert. Dites, vous savez plutôt la dernière de Roberto ?

Elle me raconta que son beau-frère, à force de jouer avec, avait réussi à dérégler la télécommande. Qu'ils avaient dû subir le programme de la deuxième chaîne nationale pendant une bonne partie de la soirée quand Roberto, exaspéré par un discours interminable du dirigeant communiste Berlinguer, avait envoyé la plupart des bibelots du salon sur l'écran, obtenant ainsi l'arrêt immédiat du son et de l'image.

– Je n'ai pas encore fini de nettoyer, Albert. Notez bien que Roberto a été formidable après. Il nous a embrassées ma sœur et moi, il a reconnu ses torts. Il va nous racheter un téléviseur tout neuf pour la peine, un énorme où on peut prendre dix chaînes de plus !

Sautant d'un sujet à l'autre comme elle savait si bien

le faire, Lea me parla de la Calabre, nos deux étés que Vincent lui avait appris par cœur, ces flirts trop poussés, ces mots de passe susurrés au creux de tant d'oreilles.

– Vous n'y êtes jamais retourné, je parie. Il y a pourtant un avion chaque jour de Rome, qui descend et qui remonte…

Mais Lea était encore en retard, je lui proposai de porter ses paniers jusqu'à l'immeuble rose.

– Non, vous êtes jeune, Albert, profitez de vos jambes ! Selon son désir, j'embrasserais Vincent. Trois fois. Peut-être devinerait-il ainsi la provenance des baisers ?

Je me souvenais d'une agence de voyages via Boncompagni, dans le centre, où Roberto avait l'habitude de réserver ses billets. Je m'y présentai en fin de matinée afin de connaître les horaires d'avion pour Reggio :

– Rien. Rien jusqu'à jeudi.

– Mais je repars pour la France, jeudi.

Mon interlocuteur, un vieux beau en fin de carrière, m'expliqua que le personnel des lignes intérieures avait déposé un préavis de grève.

– Et par le train ?

– Une place debout, si vous voulez, c'est tout ce que je peux faire. En cette période des fêtes, tous les Calabrais d'Italie descendent voir leur famille. Mais vous tenez absolument à aller en Calabre ? Essayez la Sardaigne ou Venise, c'est déjà plus romantique…

Je ne fus pas mécontent de devoir renoncer à ce voyage. A quoi bon retourner là-bas ? Comment retrouver deux étés en trois jours d'hiver ? Ne récupérer que des fantômes… L'Italie, le pays lui-même, m'était devenu irrespirable.

Je fis changer mon billet d'avion initial, sortis de l'agence avec un retour Rome-Genève-Paris auquel j'avais droit pour le même prix. Mes parents seraient surpris de me voir, cette seule surprise donnait un sens à mon escale.

5

Un salon de coiffure dans la vieille ville, une boutique trop éclairée au fin fond d'un passage qu'il faut vraiment connaître avant d'emprunter. Le salon de coiffure de Genève a pourtant sa clientèle comme le théâtre de la rue Blanche a le sien à Paris. Mes parents passent pour de très bons coiffeurs.

Le salon est divisé en deux, séparation identique à tant d'établissements de ce genre. Mon père s'est réservé les messieurs, ma mère les dames : partage tout aussi courant. Le salon porte mon nom plus un signe attractif pour rappeler que mes parents sont nés en France : Albert de Paris.

– Il dirige un grand orchestre, aime révéler ma mère aux clientes.

Et mon père d'enchaîner :

– Il a dix musiciens sous ses ordres, il a enregistré plusieurs disques. Tous des succès !

Mes disques ont été retirés depuis longtemps de la vente. Dans un coin de leur boutique, mes parents en stockent une quantité remarquable. Ils les offrent à leurs clientes comme cadeau de faveur au terme de douze mises en plis.

Mes parents ont quitté Paris pour la Suisse au début des événements de l'année soixante-huit. Un matin du mois de mai, ils sont montés dans un pullman porte Maillot, imitant un petit nombre de Parisiens pessimistes sur l'avenir du pays.

Ils avaient abandonné la gérance de leur salon, près de l'Étoile, payé les trois mois de loyer réglementaires des quatre pièces de l'avenue des Ternes avant de retirer toutes leurs économies. Je me souviens qu'ils n'avaient eu aucun mal à se débarrasser de leur chienne Caprice, jugée indésirable par le chauffeur du car, persuadant le couple des concierges de leur immeuble qu'ils pourraient en avoir besoin en ces « temps de révolte ». Caprice avait peur de tout, des coups de feu des westerns de la télévision mais elle était encore jeune et cela lui passerait.

Mes parents n'avaient rien laissé au hasard : leur mobilier et leur voiture voyageraient par le train quand les trains se remettraient à partir, sinon, « tant pis » avait décrété mon père, « on ne va pas se faire lyncher ta mère et moi pour deux canapés, une commode et une Citroën » ! Ils m'avaient vivement recommandé de les suivre, m'assurant que le frère de ma mère, Genevois d'adoption, leur avait déjà trouvé un logement confortable, mais devant mon refus catégorique et pour ne pas rater le départ de l'autocar, mon père avait conclu que mes lectures et mes fréquentations avaient dû me tourner la tête.

J'ai longtemps conservé mon billet Paris-Genève dans mon portefeuille. Mes parents l'avaient payé si cher que personne ne voulut le leur racheter.

La majorité des Parisiens fuyards étaient rentrés chez eux dès la mi-juin, début juillet au plus tard. Mes parents, eux, ne revinrent jamais en France. A la mort de son frère, renversé bêtement par un tramway tandis qu'il sortait du Grand Passage, ma mère avait hérité l'appartement de ce dernier, situé à cent mètres à peine du salon Albert de Paris.

L'appartement de Genève ressemblait à un chalet de montagne. Le mobilier de Paris, que mes parents avaient réussi à récupérer depuis le temps, associé à celui de l'oncle Gratien aggravait la ressemblance. La taille de l'appartement autorisait ce curieux mélange. Chaque meuble avait son double, sa répétition dans un autre style.

« C'est dommage que vous ne veniez pas plus souvent, reproche toujours ma mère à Dominique, sans vous la maison est si vide ! »

Elle demande inévitablement des nouvelles de sa petite chienne Caprice. Dominique, qui n'a jamais connu l'animal, lui promet que Caprice ne manque de rien. Nous cachons depuis plus de dix ans à mes parents que Caprice s'est suicidée peu après leur départ. Au moment de l'installation des nouveaux locataires dans l'appartement du cinquième étage de l'avenue des Ternes, Caprice avait sauté par la fenêtre du salon, grande ouverte à cause des peintures. On n'a jamais pu établir s'il s'agissait d'un vrai suicide ou d'une simple maladresse.

J'avais choisi de passer directement au salon de coiffure. Mes parents avaient laissé un écriteau dans la vitrine entre deux perruques : « FERMÉ JUSQU'À MARDI. » Je gagnai aussitôt l'immeuble de la rue des Tulipiers, à l'entrée duquel on avait récemment posé un interphone. J'appuyai sur le bouton correspondant à Gange, mon père ne tarda pas à me répondre mais ce dernier ne s'était pas encore habitué à ce nouveau moyen de communication qu'il confondait volontiers avec le téléphone :

– C'est toi, Albert ? Comment ça va ? Où es-tu ?

– Je suis en bas, tu peux ouvrir…

– Sacré Albert, répéta mon père plusieurs fois. Ça me fait rudement plaisir de t'entendre. Et les enfants ? Tu ne trouves pas que Guillaume tient de maman ?

L'interphone marchait très bien, je percevais distinctement la voix cassée de mon père :

– Tu as certainement essayé de nous appeler au salon mais ta mère ne se sentait pas très bien, hier, alors, on a décidé de se reposer jusqu'au 30. Inutile de te demander si tu viendras nous voir. Je sais, je sais, le music-hall, l'orchestre… Et tu ne fais plus de galas comme avant ?

– Papa, je suis en bas de chez toi, rue des Tulipiers, à Genève. Ouvre !

– En bas. Tu veux rire ?

– Regarde au moins dans quoi tu parles…

Je grimpai les étages quatre à quatre pour sauter bientôt au cou de mon père. Il parut désolé et confus, s'excusa comme s'il m'avait coupé les cheveux de travers. Il se chargea de ma valise, de mon manteau :

– Tu t'arrêtes quelque temps ?

– Deux jours, oui.

– C'est ta mère qui va être contente.

Ma mère était alitée depuis la veille au soir, elle soignait un début de grippe. Ils me firent fête tous les deux. Ces manifestations de joie leur rendirent un bout de jeunesse et de beauté perdues. La fièvre de ma mère tomba en quelques heures, nous dînerions tous les trois à table, nous rappelant les soirées de l'avenue des Ternes où Caprice léchait nos assiettes quand nous avions fini.

– Si elle était plus propre, prétendait ma mère, je lui mettrais du Mir-vaisselle sur la langue et je n'aurais même pas à les rincer !

Mes parents prenaient leurs repas à heures fixes, ils m'annoncèrent, en me tendant une serviette neuve, que les bonnes affaires du salon leur avaient permis d'employer une femme de ménage à temps complet :

– Mais quel dommage, nous lui avons donné une semaine pour Noël, tu ne la verras même pas.

Je dus consacrer un chapitre au théâtre.

– Ils t'ont augmenté, au moins ?

Je leur mentis sur mon salaire, la nature même de mon travail, m'inventant un treizième mois pour accroître leur fierté.

– C'est tout de même bizarre que tu ne joues pas pour le jour de l'An, s'étonna mon père.

Je leur servis la formule utilisée par Janvion lui-même lors de l'engagement de Zabor.

– Et toi, les gens, tu ne peux pas les faire rire ?

– Ça arrive, bien sûr.

Ils regrettèrent une fois de plus que je me sois dirigé vers la variété, le music-hall.

– Il y a trop de concurrence dans le classique, leur dis-je. Vous savez bien… A moins d'être le meilleur.

– Mais tu es le meilleur, Albert, il ne faut pas être modeste dans ton métier !

Dominique, au même titre, passait auprès d'eux pour la meilleure épouse, Muriel et Guillaume pour les meilleurs enfants.

– Et ton copain, là, celui avec qui tu courais les filles au lieu d'étudier ? Il travaille toujours avec toi ?

– Toujours.

Mes parents étaient convaincus que Vincent avait exercé sur moi une influence néfaste :

– Si vous ne vous étiez pas un peu perdus de vue, tu sais ce qui serait arrivé, aujourd'hui, tu ne serais qu'un vulgaire trompettiste comme lui, tu n'aurais même pas ta baguette de chef !

Je les priai d'éviter ce sujet qui nous avait valu notre dernière dispute. Nous avions terminé de dîner et mon père insista pour me faire goûter un alcool de framboise :

– Tu ne devineras jamais d'où ça vient ?

Je lui adressai un signe d'ignorance, l'air médusé et lui :

– De la Placette ! Un genre de Mammouth suisse. Avoue qu'il est fameux !

C'est à Vincent que je donnai, cette nuit-là, de ma chambre, un rendez-vous de sommeil. Cela ne s'était guère produit depuis vingt ans mais j'avais besoin de lui. C'est en voyant trop souvent les gens parfois que l'on réussit le mieux à s'en défaire. Lui seul, bien sûr, aurait pu me lancer sur la piste, à la vraie trace d'Eleonora Lana, mais comment exiger ça de lui, même le sommeil profond, même la nuit tombée ?

Vincent se faufila au petit matin dans la pièce. Il avait dû passer par la fenêtre, toujours son goût du danger. Il s'assit sur mon lit, me sembla-t-il, immobile. Il devait attendre une question, un geste mais je demeurai impuissant devant lui. Honteux d'avoir parcouru tout ce chemin en solitaire. Pour répondre à mon silence, Vincent se mit à mimer une scène, une action bien définie. Il n'était pas un très bon mime et j'eus du mal à comprendre que ses bras remuaient comme ceux d'un nageur. Un nageur qui a nagé trop longtemps. Je revis les plages et la mer de Calabre, le grand rocher jusqu'auquel nous nagions à perdre haleine parce qu'il fallait plonger du grand rocher pour faire partie de la « committiva ». Pari stupide et banal comme en tiennent les enfants. Avec ses mains, Vincent dessinait bien maintenant la forme du rocher. Il allait peut-être me parler enfin, cesser cette comédie quand ma mère, qui dormait dans la chambre voisine, fut prise d'une violente quinte de toux. Le bruit affola Vincent et je ne pus le retenir.

La sonnerie du téléphone me réveilla très tard, vers onze heures peut-être. Dominique appelait de Paris pour souhaiter l'anniversaire de mon père que j'avais oublié. Ma mère criait depuis le salon :

– Albert, c'est ta femme ! Je lui ai dit que tu étais chez nous, je n'ai pas mal fait, au moins ?

J'expliquai à Dominique que j'avais écourté mon aventure. Elle me demanda si « c'était bien fini » avec la fille aux lettres parfumées et je la rassurai. Je rentrerai avant le 31 afin de fêter la nouvelle année avec elle et les enfants.

Dominique parut ravie, elle m'embrassait tendrement, et, comme toujours, elle imita le bruit des baisers dans l'appareil.

Mon père qui occupait la salle de bains m'avait permis de l'y rejoindre :

– Tu me trouves comment, franchement, pour mes soixante-neuf ans ?

Il se rendait bien compte qu'il était nu, que cette situation me gênait, il reformula pourtant sa question :

– Tu vois de la graisse quelque part, toi ? Regarde bien, touche ! Pas un gramme !

Je lui recommandai de se couvrir, détournant la tête malgré moi :

– Tu vas attraper froid, un rhume comme maman. Ce n'est pas malin…

– Ta mère ? Elle se porte comme un charme, ce matin. Je n'y peux rien, moi, si les peignoirs sont au sale.

– Prends une serviette…

– Une serviette ! Tu crois que c'est commode pour mes exercices physiques…

Je m'aperçus que le corps de mon père était bien plus souple que le mien. Il sautait comme un adolescent, touchait le bout de ses pieds avec ses doigts :

– Tu es jaloux, n'est-ce pas, Albert ?

– Jaloux ?

– Tiens, essaye d'en faire autant.

Je remis ma toilette à plus tard, ne jugeant pas indispensable de relever le défi.

Je sortis avec ma mère après le déjeuner, nous avions décidé de nous associer pour le cadeau d'anniversaire de mon père :

– On va aller au Grand Passage. Je sais très bien de quoi il a envie, m'apprit-elle. Il m'en parle depuis si longtemps.

Je la suivis jusqu'au rayon des articles de sport. Elle choisit le vélo de course le plus cher et le plus perfectionné :

– Il a bien six vitesses ?

Le vendeur lui fit une petite démonstration de la machine.

– Vous nous le livrez ce soir, sans faute !

– Une bicyclette, tu es sûre ?

– Quoi ? Tu imagines que ton père est un croulant ?

– Pas du tout mais ce n'est pas bien conseillé, à cause du cœur.

– Il a bien le temps de nous faire une attaque ! conclut ma mère avant d'acheter le vélo.

Elle insista pour me montrer l'endroit exact où son frère Gratien avait été renversé par le tramway :

– Quand je pense que sans ce chauffard, nous habiterions peut-être encore à l'autre bout de la ville !

Afin de réparer aussitôt ce qu'elle avait dit, ma mère ferma les yeux, joignit ses mains et récita une courte prière, souhaitant à l'oncle Gratien de ne pas trop s'ennuyer, le remerciant pour sa générosité. Elle adressait à son frère ses derniers vœux quand je surpris un imperméable vert qui traversait la place au milieu d'autres imperméables.

– Une course à faire, on se retrouve à la maison…

J'avais avalé la moitié de mes phrases ; ma mère ahurie m'avait laissé courir après la fille qui s'éloignait lentement. Elle avait emprunté la rue principale et commerçante, de son pas assuré, d'un calme absolu. C'était bien la même démarche, le même vert, le même noir des cheveux.

Elle balançait un gros sac beige en léchant les vitrines et finit par entrer dans une librairie. J'attendis volontairement une ou deux minutes avant de pousser la porte du magasin.

Elle avait disparu. Une jeune femme en blouse stricte me demanda quel type d'ouvrages je cherchais.

– Tous les livres sont là, mademoiselle ?

– Nous avons un sous-sol aussi pour les collections au format de poche.

Je descendis le petit escalier d'un air très naturel. La fille ne s'était pas envolée. Elle lisait une page de chaque livre et le reposait, là où elle l'avait pris. Elle me tournait toujours le dos, impossible de discerner son visage, je décidai de m'approcher d'elle.

– Vous êtes le monsieur de la voiture, je suppose ? Je suis vraiment désolée, me dit-elle.

Elle n'avait pas, de si près, la même allure, la fragilité et la pâleur de la fille de la loge mais je préférai ne pas la détromper sur mon identité, trouvant le jeu très amusant. J'essayai de savoir de quelle voiture il s'agissait :

– Ça ne suffit pas d'être désolée, madame.

– Je l'ai beaucoup abîmée ?

Elle était bien plus belle que l'imperméable de la rue Blanche, ses yeux gris lui mangeaient le visage, elle avait des lèvres fines, à peine dessinées. Elle me souriait démesurément et cela me fit sourire aussi :

– Vous voulez dire que vous l'avez esquintée !

– Ce parking est le plus mal fichu que je connaisse. Vous avez vu la place qu'il y a entre chaque voiture ? On ne peut même pas sortir de son auto !

Elle avait un très léger accent suisse et balançait son sac plus nerveusement que devant les vitrines.

– Cela n'excuse pas tout.

– J'imagine que vous voulez qu'on y retourne, pour le constat.

– Nous pouvons très bien nous arranger autrement, lui dis-je.

– Comment ça, autrement ?

– En couchant ensemble, par exemple.

La fille me gifla brutalement. Les clients de la librairie s'agglutinèrent autour de nous.

– Je suis mariée, monsieur, et mère de trois enfants.

Je déguerpis comme un voleur sous les menaces de la fille et la consternation de la clientèle.

A la maison, mon père avait déjà revêtu un très beau costume prince de Galles que je ne lui connaissais pas.

– Mon anniversaire, ça se fête au Moewenpick, Albert, c'est une tradition !

Ma mère s'était changée elle aussi, je compris qu'il me faudrait ne pas les décevoir.

Une table avait été réservée à dix-neuf heures dans ce restaurant où mes parents avaient leurs habitudes.

– Comme l'an dernier, monsieur Gange ? glissait le maître d'hôtel à l'oreille de mon père, entre chaque plat.

Ma mère m'apprit qu'ils fêtaient ses anniversaires à elle, au restaurant de l'hôtel Intercontinental afin de comparer. Le menu du Moewenpick était moins cher mais ils se rattrapaient sur le vin et ça revenait au même.

Mes parents légèrement ivres dansaient sans musique sur le trottoir, devant chez eux. Ils avaient cru, un moment, qu'ils avaient perdu leur clé. Mon père tenait absolument à effectuer une petite promenade à vélo :

– Le pâté de maison, nous suppliait-il, seulement le tour du pâté de maison…

Je dus l'en empêcher. Il n'était pas plus de dix heures mais j'eus l'impression d'être au bout de la nuit.

Vincent ne vint pas. Impossible de dormir et Vincent se méfiait. Difficile de tricher son sommeil devant son meilleur ami.

Je dormais toujours peu ou très mal les veilles de départ. Je vidai la bouteille d'eau minérale posée sur la console, près de mon lit, me fabriquant ainsi un prétexte, une bonne raison pour me lever.

Dans la cuisine, mon père avait ouvert une boîte de raviolis. Il avait versé le contenu de la boîte dans une casserole, la casserole sur le feu, afin de les réchauffer.

– Une petite faim, pas toi ? Ta mère s'est écroulée Elle ne résiste pas à l'alcool, c'est drôle. L'alcool mélangé aux saloperies de médicaments qu'elle avale contre la grippe…

– Je croyais qu'elle était guérie.

– A notre âge, il y a toujours un truc de travers, tu sais.

J'acceptai de partager les raviolis avec lui, mon père avait ouvert une boîte familiale pour quatre ou six personnes.

– On les mange dans la casserole, on ne va pas salir deux assiettes pour ça. Après, ta mère me reprochera de les avoir mal rincées.

Les raviolis avaient un drôle de goût de boîte de fer, je le signalai à mon père.

– Oh ! tu sais, je n'ai plus tellement de palais ni d'odorat… Tu verras quand tu seras arrivé à soixante-neuf ans, Albert. Enfin, je ne me plains pas, je ne me plains de rien. Il y a juste une chose qui me tracasse, je ne suis pas prêt à mourir, vois-tu.

– Mais personne papa et puis, tu as le temps d'y penser…

– Ça finira bien par me tomber dessus, va.

Les raviolis s'étaient collés au fond de la casserole ils ne voulaient plus se détacher.

– Je ne suis pas prêt, c'est tout, répétait mon père. Ni prêt ni d'accord. Tu la connais l'expression de la valise, ta mère l'emploie assez souvent. Eh bien ! moi, je refuse de la préparer la valise. Encore moins de la porter ! Ce n'est pas à moi de compléter le trousseau, en plus !

– Enfin, papa, arrête !

– Oui, admit mon père, tu as raison. Je dis n'importe quoi, c'est vrai. Avec ta mère, j'ai remarqué que nous disions souvent n'importe quoi. Ça doit être pour ça que tu ne passes jamais par Genève. Une fois tous les cinq ans et sans même prévenir… Je veux la vérité, Albert, c'est ton Vincent qui t'a monté la tête contre nous ? Tu nous oublies, tu nous évites parce que nous sommes coiffeurs. Ce n'est pas assez bien ? Son père à lui, dans les ambassades, les avions, les cocktails et nous, coupe-tifs ! Ça a commencé comme ça, non, cette belle amitié ?

– S'il te plaît…

– Il n'y a pas de « s'il te plaît »… s'écria mon père. Les larmes de crocodile, ça ne marche pas avec moi. Va dormir, va, ça vaudra mieux.

Je n'avais pas encore refermé la porte de la cuisine :

– Bonne nuit papa.

– C'est ça, bonne nuit ! Et ce n'est pas la peine de venir m'embrasser demain avant ton départ. Je sais très bien qui tu es, moi.

Elle m'avait dit une fois qui j'étais mais nous avions bu et ri ensemble une soirée entière et je ne l'avais pas crue.

Dominique et les enfants à Genève, Vincent chez Spencer à Vienne, nous avions décidé en célibataires provisoires de nous consoler l'un l'autre de leurs absences.

Nathalie avait insisté pour me recevoir chez elle, rue Alasseur, j'avais apporté le vin et le dessert. Elle n'était pas une très bonne cuisinière et nous avions bu afin d'oublier que son repas ne valait rien.

J'avais eu envie d'elle très vite, elle m'avait semblé si vulnérable, si disponible… Sans douter de sa réaction, j'avais pris les devants, lui demandant froidement de dormir avec moi. Nathalie avait éclaté de rire avant de me retracer fidèlement le portrait que j'avais fait d'elle à Vincent.

« Trop jeune. Un sac d'os. Comment peux-tu t'intéresser à un squelette ? Qu'espères-tu de cette fille au corps de garçon ? Tu ne me feras pas croire que tu es amoureux de ça ? »

Elle m'imitait à la perfection, retrouvant mes intonations, le rythme de ma voix, ces mots, ces phrases empoisonnées qu'elle m'avait inspirés.

Ainsi, Vincent lui avait tout raconté un soir de dispute, ne lui épargnant aucun détail. Nathalie m'avait dit, cette nuit-là, qui j'étais au fond de moi vraiment Mais pourquoi l'aurais-je prise au sérieux ? Il n'y avait pas de témoin, personne pour nous entendre. Ça ne comptait pas.

6

Dans le porte-monnaie où elle conservait ses pourboires, pièces d'un ou deux francs, parfois moins, elle avait elle aussi une photo de Vincent ni meilleure ni plus mauvaise qu'une autre. De trois quarts, Vincent semblait regarder quelqu'un et lui sourire. La fille s'imaginait représenter cette personne à qui Vincent n'avait pas encore tout dit. Elle dirigeait la photographie de telle manière qu'elle devenait inévitablement la personne fixée. Elle passait souvent des heures à se laisser ainsi observer, détailler par la seule image de Vincent.

Le soir tard, quand elle rentrait chez elle, dans son studio qu'on lui avait loué comme un double living, le porte-monnaie n'était jamais rempli sauf les samedis, peut-être.

Elle comptait très soigneusement la somme, le nombre de pièces, sachant que le lendemain, elle obtiendrait en échange un ou plusieurs billets de la caissière.

Elle travaillait depuis six mois dans un cinéma parisien des boulevards et regrettait toujours que les films étrangers soient doublés, surtout les italiens.

Le cinéma possédait quatre salles, les différentes filles effectuaient un roulement d'une salle à l'autre. Elles avaient rapidement vu les quatre films et discutaient entre elles du jeu des acteurs, de la qualité du son ou de la pellicule.

Au début, cela l'avait amusée de vendre des esquimaux pendant l'entracte, de se promener, sa corbeille autour du cou, parmi les spectateurs. En Italie, son pays d'origine, on payait un homme spécialement pour ça, les filles ne s'occupaient que du placement.

Depuis quelque temps, elle ne supportait plus d'énoncer les parfums, de distribuer des pailles pour les jus d'orange et de rendre la monnaie sur les gros billets.

Elle aimait bien son travail, pourtant, ses patrons appréciaient en elle l'ouvreuse modèle qui se proposait toujours la première pour assurer les séances supplémentaires des samedis et veilles de fêtes. Elle était restée ainsi, à la surprise de tous, plus d'un mois sans prendre le moindre jour de repos. Elle insistait auprès de la direction pour qu'on multiplie ces séances de nuit, exceptionnelles, quitte à changer de films, à programmer des œuvres moins glorieuses :

– Vous tenez tellement à rentrer tard, lui avait-on demandé ?

– Le plus tard sera le mieux, avait répondu la fille qui se faisait appeler Nora.

Elle avait amputé, en effet, une partie de son prénom, c'était plus commode pour la France, pensait-elle, et puis elle s'était persuadée d'avoir perdu la moitié de sa vie, cela méritait bien un sacrifice, le prénom en payait une partie.

Les gens de l'immeuble où elle habitait, rue Cernuschi, dans le dix-septième arrondissement, avaient mis longtemps à comprendre sa situation, ses horaires si particuliers. Il avait suffi que l'architecte du troisième étage emmène un jour sa femme au cinéma pour deviner enfin. Cette fille timide au nom à résonance italienne, cette fille qui ne recevait jamais de courrier – le facteur, la concierge pouvaient en témoigner, rien que des lettres administratives et des publicités –, cette fille éclairait les gens dans les salles obscures quand le film était commencé.

Je ne l'oublierai pas, c'était le 1er janvier. Dominique avait lu d'excellentes critiques sur le film. Elle aurait pu aller le voir sans moi, avec une amie mais Dominique n'a pas d'amies, des amies de secours comme en ont les femmes pour sortir seules. Ses amies sont mariées, vissées, leurs maris me déplaisent et elle ne les voit pas.

Elle avait attendu mon retour de Genève, Raoul garderait les enfants. Dominique m'avait confié que son père avait beaucoup changé ces derniers temps. Nous n'avions pas réveillonné très tard, demain les répétitions reprenaient au théâtre.

– C'est ton dernier jour de vacances, Albert ! m'avait rappelé ma femme.

Je nous devais bien ça.

Nous avions l'habitude de voir les films aux Champs-Élysées à cause des fauteuils plus confortables, de la place pour les jambes mais Dominique affirmait qu'il y aurait la queue, un monde fou. Je lui signalai que, sur les boulevards, le film risquerait d'être doublé.

– Mais tu n'as pas compris, c'est un film français…

Nous avions eu tort de prendre la voiture, nous nous

étions garés assez loin pour manquer le début du film. L'ouvreuse nous réclama nos billets, je les lui tendis dans la pénombre, avec son pourboire :

– Assez près, s'il vous plaît…

Je la reconnus en prononçant ce seul bout de phrase, elle m'avait probablement reconnu elle aussi. Je me crus d'abord, comme à Genève, victime d'une hallucination passagère, mais non, elle n'avait rayé la voiture de personne, ne fréquentait aucun parking.

Elle était bien, malgré son uniforme d'ouvreuse, malgré l'obscurité, la fille de la loge qui avait accusé Vincent. Elle nous plaça au troisième rang, sur le côté, me remercia pour le pourboire et retourna s'asseoir sur son strapontin au fond de la salle.

Le film me parut interminable. La présence de Dominique m'interdisait de bouger. Je ne dis rien. Que le film était superbe, la projection terminée. Une ouvreuse nous pria de gagner la sortie située à gauche de l'écran pour ne pas gêner les spectateurs de la séance suivante. Il s'agissait d'une autre femme, plus âgée que l'on avait dû désigner car sa voix portait bien.

Nous irions souper, maintenant.

Dominique me raconta le film en route comme si j'avais dormi pendant toute la projection. J'avais choisi une brasserie du boulevard des Capucines.

– Tu n'as pas moins sinistre ?

– A ce moment-là, il faut reprendre la voiture…

Au cours du dîner, Dominique me demanda de lui décrire la fille des lettres, elle essaya de savoir pourquoi je m'en étais lassé si vite. Nous n'en avions même pas parlé depuis mon retour. Je n'avais plus grand-chose à dire ou à taire. Envie d'être bercé, pardonné.

– Il y a une chose que j'ai oubliée, m'avoua Dominique.

Le garçon ramassait les miettes de pain sur la table.

– J'ai dû mettre Vincent au courant, reprit-elle.

– Comment ça, au courant ?

– Il est dans le métier, lui, ce n'est pas Raoul ou les enfants. Il savait parfaitement que Piero n'était pas en tournée en Belgique.

– Tu l'as rencontré ?

– Il a téléphoné plusieurs fois. Je ne le lui ai pas dit tout de suite…

– Mais tu lui as dit quoi ?

– Les lettres, les coups de fil, ton besoin de me tromper. Je pensais que tu lui en avais parlé…

– Et il t'a crue ?

– Tu avoueras que comme mensonge, j'aurais pu trouver mieux ?

J'aurais donné très cher ce soir-là pour éteindre et annuler toute l'histoire, revenir en arrière, laisser Vincent et la fille s'expliquer entre eux dans la loge. C'est ce que j'aurais sans doute fait si la fille n'avait pas resurgi mais, si près du but, devant une cage vide, comment ne pas tenter sa chance ?

Notre appartement de la rue du Laos était endormi. Dominique me fit l'amour comme elle aimait, sans hâte. J'eus beau garder les yeux ouverts pour ne pas la perdre, je serrais malgré moi un autre corps, j'enfouissais mon visage dans d'autres cheveux. Des cheveux noirs, si noirs.

Dominique ne se douta de rien. Comment comprendre ces choses, comment sentir que l'amour reçu ne vous est pas destiné, qu'il vous arrive par erreur ?

Le cinéma ouvrait à treize heures trente. Les séances de midi avaient été supprimées depuis plusieurs mois :

– Ce n'était pas le quartier indiqué, me révéla la caissière, elle avait le chignon de Lea en plus gros et plus ridicule encore. Ça ne marchait pas, mais pas du tout, les films étaient projetés devant deux spectateurs ! C'est pour quelle salle, monsieur ?

– J'ai vu les quatre films, je ne venais pas pour ça…

Et je lui décrivis la fille, les cheveux noirs. La caissière ne tarda pas à me répondre :

– Vous voulez parler de Nora ?

– Nora, oui.

– Elle ne reprend son travail qu'à seize heures, elle fait la nuit, le soir, vous comprenez. Vous êtes un ami ?

– Un ami, c'est ça. Je repasserai, ce n'est pas la peine de lui dire.

Je retrouvai Vincent au pub anglais du boulevard de Clichy, attablé devant une pile de journaux et un « sérieux », son instrument de musique dans son étui, posé sur la banquette.

– Je te croyais dans ta loge. Je te dérange ? Tu attendais quelqu'un ?

– A part toi, personne.

Je lui serrai la main sans l'embrasser trois fois, manquant ainsi à ma promesse. Fidèle à son habitude, Vincent buvait son sérieux avec une paille. Il m'apprit que Zabor n'avait rempli que des demi-salles. Janvion était d'une humeur massacrante mais prétendait se rattraper sur le prochain spectacle : « Une première partie très classique, quatre ou cinq numéros… »

– Et en vedette, toujours Simone ?

– Toujours, qu'est-ce que tu crois ? Sans nous heureusement : Madame a son orchestre !

Simone Bass était la chanteuse préférée de Janvion. Elle interprétait des chansons réalistes souvent assez lestes dans un grand déploiement de forces et de moyens physiques. « C'est tout son corps qui chante avec elle ! » affirmaient ses admirateurs. « Surtout le ventre ! » rectifiaient les autres.

– Et Nathalie ?

– Vincent me confia que Nathalie avait décidé de quitter le métier.

– Qu'est-ce qu'elle va faire ?

Nathalie vendrait des disques dans un magasin spécialisé, elle connaissait la question, l'endroit était bien fréquenté, moins déshonorant qu'un Prisunic de la République.

– Et toi, avec Dominique, me demanda Vincent, tu as laissé passer l'orage ?

– Quel orage ?

– J'ai failli m'étrangler de rire quand elle m'a annoncé que tu la trompais. Tu aurais pu m'en parler…

– C'était compliqué Vincent, une femme mariée…

– Quelqu'un de la profession ?

– Non, enfin presque.

– C'est curieux, je te croyais incapable de tromper Dominique… Elle devait être gonflée tout de même pour t'envoyer des lettres chez toi…

– Elle était très gonflée mais c'est fini, maintenant, tout à fait mort.

– Dis-moi au moins son nom, je me la suis peut-être faite…

Vincent jouait avec moi, il cherchait à me démonter, me poussant à la faute et je ne répondis pas. Il consulta bientôt sa montre, prêt à se lever :

– Je crois que c'est l'heure d'y aller…

– Tu peux rentrer chez toi, Vincent.

– Et la répétition ?

– On ne va rien faire, aujourd'hui, juste s'entendre sur les morceaux à jouer. Ta présence n'est pas indispensable.

– Tu es sûr ?

– Certain.

– Attention, tu m'as déjà fait rater des raccords comme ça… Après, Janvion n'était pas content.

– Écoute Vincent, tu as confiance en moi ou non ? Je vais y perdre une heure, on va régler les lumières avec Rose. Rien d'autre.

Au moment de nous séparer sur le trottoir, Vincent me désigna l'enseigne, du bout des doigts :

– Tu te souviens, quelle nuit ! C'est bizarre qu'elle ne soit jamais revenue. Elle n'était pas laide, juste un peu maigre.

Il marqua un temps et :

– Albert ! Bonne année, quand même.

– Bonne année, Vincent.

Au théâtre, la répétition avait été fixée à quinze heures précises. J'avais appelé tous mes musiciens, dans la matinée, pour les avertir que je comptais sur eux, tous sauf Vincent, bien sûr. Janvion était déjà dans la salle, Rose aux éclairages, les musiciens sur le plateau.

– Il ne manque personne ?

Après un bref silence, Rure ou Morin, je ne sais plus, les deux ensemble, peut-être, me signalèrent l'absence de Vincent, assez fort pour que Janvion les entende.

– Comment, Vincent n'est pas là ? m'écriai-je.

Janvion réclama aussitôt qu'on lui envoie un projecteur :

– Il est peut-être simplement en retard, Albert…

– Je lui avais dit exprès que la répétition commençait une heure plus tôt.

– C'est très ennuyeux reprit Janvion, j'avais prévu un solo de trompette sur l'acrobate.

Des coulisses, M. Rose nous rappela que nous avions affaire à un récidiviste. Loussier, le deuxième trompettiste, proposa de nous dépanner et de remplacer Vincent juste pour la journée.

– Désolé, dis-je à Loussier, mais je ne peux pas vous demander ça.

– Enfin Albert, trancha notre directeur, vous le connaissez bien, vous. Lamar est votre ami, vous savez peut-être où il est ?

– Il traverse une période délicate…

– Le music-hall aussi, Albert ! Et la rentabilité, toutes ces lumières en état de marche, vous y pensez quelquefois ?

– Donnez-moi une petite heure, monsieur Janvion. Je ferai tout pour ramener Vincent au théâtre.

– Il ne vaudrait pas mieux commencer par lui téléphoner ?

– J'ai déjà essayé avant de monter sur le plateau… Une petite heure, je vous assure.

Janvion m'accorda ce que je désirais, une heure me suffisait largement pour retourner au cinéma des boulevards. Je chargeai Chambrun de démarrer sans moi :

– Vous ferez ça très bien, Chambrun.

Et Chambrun me remercia.

J'arrivai devant les quatre salles peu après seize heures ; un lendemain de fête, il n'y avait pas grand monde à l'entrée et la caissière sembla presque heureuse de me revoir :

– Je vous guettais, me lança-t-elle. Vous n'avez pas de chance, elle est partie votre Nora. Sans prévenir, sans rien…

– Partie ?

– Exactement. Un coup de fil et elle s'est volatilisée. Ça s'est très mal passé hier soir avec les patrons. C'est eux qui me l'ont dit, ils m'aiment bien. Elle a refusé de faire l'annonce pour évacuer les spectateurs avant la dernière séance. Elle a piqué une crise de nerfs. Elle était un peu folle, cette fille-là. Vous la connaissez bien ?

– Je ne sais même pas son nom.

– C'est une Italienne en plus. Elle s'appelle Lana. Ça veut dire laine en français.

– Vous n'auriez pas son adresse ?

– Une minute, on va demander ça au directeur.

Elle décrocha le téléphone réservé à l'intérieur, composa deux chiffres sur le cadran et s'essuya la bouche avec son mouchoir avant de parler :

– Monsieur, c'est Suzanne, je m'excuse mais un

monsieur de la police voudrait connaître l'adresse de Nora. D'accord, je ne quitte pas.

– Mais je ne suis pas de la police…

– Oh ! ne soyez pas impatient… Voilà, je l'entends qui revient. Oui, allô, oui, 15 rue Cernuschi, Paris 17, je note. Merci bien.

Elle raccrocha très fière et me tendit le bout de papier :

– Pourquoi avoir dit que j'étais de la police ?

– Parce que ça se voit, dans mon métier on est un peu physionomiste. Mais oui, ça se voit, c'est écrit sur votre visage !

La caissière m'adressa un sourire de connivence avant de détacher un billet pour un client qui avait dû lire les mêmes critiques que ma femme.

Je revins au théâtre, battu et déboussolé, déclarant Vincent introuvable.

Janvion exerçait une influence considérable parmi les gens de notre profession. Il ajourna la répétition et me pria de le suivre dans son bureau, demandant à n'être dérangé sous aucun prétexte :

– Alors Albert, que se passe-t-il ?

– Je me suis trompé, monsieur…

– Comment ça, trompé ?

– Je m'étais engagé à répondre de Vincent quand il est entré dans l'orchestre. J'ai eu tort, je regrette.

– Mais il y a bien une raison, Albert, une explication ? Ça marchait bien jusque-là…

– Je sais mais comme M. Rose a dû vous le dire, ce n'est pas la première fois. Il n'est venu à aucun des raccords du spectacle que présentait Nathalie, après que…

– Vous pensez que c'est ça ?

– J'essaye de comprendre. Ce n'est pas facile, Vincent me fuit depuis quelque temps, m'évite.

– Je vous rappelle que Lamar est salarié chez nous. Vous connaissez le syndicat des musiciens, on ne me laissera pas jouer la faute professionnelle, vous savez ce que ça me coûterait de le mettre à la porte ? Je n'en ai vraiment pas les moyens, Albert.

– J'espère que nous n'en arriverons pas là…

– Alors je compte sur vous. Parlez-lui, bon sang, faites-lui peur ! Dites-lui qu'en remuant le petit doigt, je peux le griller dans tout le métier si ça me fait plaisir !

Je savais Janvion capable de pire encore. Le chef d'orchestre, à qui j'avais succédé, avait payé très cher sa mauvaise conduite. Notre directeur n'aimait pas qu'on lui échappe ainsi, il avait son amour-propre. Mon prédécesseur était resté près de deux ans sans travailler, à assister, chaque semaine, aux réunions des musiciens désœuvrés de la place Blanche.

La répétition suspendue, je rentrai à la maison plus tôt. Raoul, déguisé en chef indien, courait après les enfants dans tout l'appartement afin de couper une mèche de leurs cheveux. Son livre de recettes grand ouvert sur la table de la cuisine, Dominique préparait le dîner, comme chaque soir. Je lui demandai si nous possédions toujours un plan de Paris.

– Tu cherches quoi ?

– Une adresse. J'ai une séance demain matin.

La rue Cernuschi est une petite rue qui donne dans le boulevard Malesherbes, non loin de la place Wagram.

L'immeuble ne paraissait pas très haut, cinq étages à peine. Il y avait trois appartements par palier, deux appartements de taille normale plus un studio. Eleonora occupait celui du premier étage. Elle ne m'ouvrit la porte qu'après mon deuxième coup de sonnette. J'avais cru qu'elle était sortie, je me préparais à descendre l'attendre dans la rue, devant son immeuble.

– J'étais sous la douche, je n'entendais pas, s'excusa-t-elle.

Elle avait enfilé un peignoir bleu ciel, une des poches du peignoir était déchirée, elle continuait de sécher ses cheveux tout en parlant. Je la voyais pour la première fois en plein jour et le jour, la lumière accentuaient la pâleur de son visage.

– Entrez puisque vous êtes venu.

Ma présence chez elle ne semblait ni la gêner ni la surprendre, comme si tout avait été prévu, retenu de longue date. Pourquoi avoir refusé de faire cette annonce, alors ? Pourquoi avoir quitté le cinéma comme une voleuse ?

– Je vous devais une explication mais je vous la devais ici, chez moi. Pas sur mon lieu de travail, devant des étrangers.

On entrait directement dans une pièce spacieuse,

aménagée et décorée avec un très grand soin : la couleur des différents bois était presque la même, miel ou whisky, la couleur d'un tabac blond. Qu'importe, je ne l'ai pas avoué plus tôt mais je suis légèrement daltonien. Je confonds facilement entre eux les tons clairs ou foncés. La bibliothèque et la table basse, les chaises pliantes et la tête du lit me rappelaient le mobilier d'une amie de Dominique que l'on évitait depuis son divorce.

Seul le canapé de cuir, sur lequel elle m'autorisa à m'asseoir, jurait avec le reste :

– Je suis mieux debout, dit-elle, si ça ne vous ennuie pas ?

Je lui fis signe que non et, afin de lui témoigner ma sympathie :

– Qu'est-ce que vous allez faire maintenant ? Je veux dire, comme travail…

– Ce ne sont pas les cinémas qui manquent, me répondit-elle, dans un français plus parfait que celui de sa sœur. Vous savez que Paris est la ville du monde qui possède le plus grand nombre de cinémas ?

Je l'ignorais, j'ignorais tant de choses. J'aurais voulu que ses cheveux soient secs, qu'elle jette sa serviette sur le lit, ou au sale, et qu'elle comble mes lacunes.

– Pour une coïncidence, c'est tout de même extraordinaire. C'est un multi-salles en plus. Et le film, me demanda-t-elle, il vous a plu, au moins ?

– C'est ma femme qui a insisté pour le voir, c'est assez bien joué, oui.

Je croisais et décroisais mes jambes, prêt à fuir, à tout moment, si le jeu était devenu trop dangereux. J'avais déjà déplacé tant de pièces, découvert tant de figures…

Comme devant Milena, à Vienne, je me sentis lourd et désarmé ; négligeant la prudence, la discrétion indispensables à toute enquête sérieuse, il me parut plus simple de révéler à Eleonora jusqu'où son accusation m'avait conduit. Je lui dis chaque détail et chaque détour, les sœurs Galetz, Marion et Marie-Pierre, la fille de chez Doney, toutes les autres. Elle m'écoutait tout en frottant ses cheveux très fragiles qui ne supportaient, affirmait-elle, le contact d'aucun séchoir électrique. L'épisode du parking à Genève l'amusa beaucoup. Elle me reprocha de ne pas avoir su aimer ou retenir sa sœur Serena qui n'attendait vraisemblablement pas autre chose.

Elle me montra, en échange, son porte-monnaie d'ouvreuse, la photo de Vincent à l'intérieur, puis d'autres photos où il ne souriait plus, les livres français que Vincent lui avait prêtés sans jamais les lui réclamer, *le Cheval blanc* avait sa préférence. Elle me raconta les gens de son immeuble, l'architecte du troisième étage, ses collègues au cinéma, la corbeille d'esquimaux et son prénom tronqué. Il restait bien sûr un message à déchiffrer, une phrase à éclaircir, cette phrase qui avait tout déclenché, mes filatures et mes rencontres, le piège dans lequel j'avais enfermé Vincent.

– Cette phrase, je ne l'ai pas inventée, m'apprit Eleonora. (Elle coiffait ses cheveux, maintenant, devant son miroir, le miroir était légèrement fendu sur son côté droit.) Cette phrase, c'est Vincent qui me l'a dite, le premier, quand je l'ai connu. C'est lui qui a commencé.

– Qui a commencé quoi ?

– A m'accuser. M'accuser de lui avoir pris quelqu'un. « Vous avez tué ma sœur. » Ce sont aussi les derniers mots qu'il a prononcés quand il m'a quittée. Vous comprenez ? Je pensais que ça nous servirait de mot de passe comme vous dites en français, qu'il me reconnaîtrait. Je ne pensais pas qu'il m'en voudrait pour ça.

Mais Vincent n'avait pas reconnu Eleonora et la phrase l'avait bouleversé, je me souvenais de la montée de ses larmes, de ses baisers mouillés dans mon cou.

– Vincent n'a jamais eu de sœur, vous racontez n'importe quoi !

– Jamais de sœur, je sais, il n'a même jamais tué personne. Ça lui avait plu d'installer cette petite morte entre nous. Une sœur fabriquée de toutes pièces qu'il disait avoir perdue. Il l'appelait volontiers quand nous faisions l'amour…

– Il l'avait inventée par hasard ? Pour rire ?

– Bien sûr. Vincent construisait des maisons pour y mettre le feu, des personnages, cette sœur, pour les voir mourir. Les tuer les uns après les autres…

– Et vous l'aimez toujours ?

– Oui, je l'aime. Je l'aime comme j'aime manger, boire ou dormir, me répondit-elle. Parce que c'est nécessaire à ma vie. Mais rassurez-vous, je vais guérir. Je ne vous remercierai jamais assez de m'avoir jetée dehors le soir du théâtre. Ça m'a fait du bien de venir, de le revoir. Il a repris figure humaine comme ça et depuis je vais mieux. Vous m'avez réveillée tous les deux, lui avec son fou rire, vous avec votre…

– … détermination.

– Oui, c'est le mot juste.

– Je pensais que vous reviendriez au théâtre, Eleonora.

– Je suis revenue plusieurs fois, mais dans la salle, pour le voir jouer. Je suis allée chez lui, aussi, mais en bas de chez lui. Je me cachais pour guetter ses entrées, ses sorties. J'ai dû croiser sa femme. Elle est belle, n'est-ce pas ?

– Oui, bien sûr.

Elle me pria de l'attendre quelques instants dans la cuisine, elle devait s'habiller à présent.

Ainsi, Eleonora avait été la seule à partager avec Vincent cette sœur imaginaire comme s'en inventent les fils uniques, les enfants de quinze ans… Toute l'histoire recouvrait l'allure d'une plaisanterie, il m'était difficile de l'admettre.

Eleonora réapparut dans son imperméable vert :

– Vous m'accompagnez ? Une course à faire, dans le quartier.

Je choisis d'en rester là. Je descendis avec elle avant de la quitter au coin du boulevard Malesherbes.

– J'ai été contente de vous revoir. A un autre cinéma, peut-être ?

– Oui. Je vous embrasse, lui dis-je.

Elle m'embrassa doucement, presque tendrement, et puis, comme si elle avait oublié quelque chose, l'essentiel :

– Elle avait deux prénoms, la sœur de Vincent. Un prénom de fille, un autre de garçon.

7

Ma petite Italienne ne s'appelait plus Maurizio, elle l'avait bien répété à son père dans cet hôtel de Reggio. Elle avait retiré les chaussures de son frère, ses affreuses sandales, le blazer et la casquette, le pantalon, le chemisier :

– Tu vois bien que je ne suis plus Maurizio. Vous voyez bien, vous autres !

Elle prenait à témoin les gens de l'hôtel. Son père, embarrassé, ramassa les vêtements afin de la couvrir. Ma petite Italienne était prête à enlever son maillot de bain mais on sut l'en dissuader. Maurizio récupérerait le costume marin une fois nettoyé et recousu.

Maurizio était aussi beau que sa sœur Amalia, une beauté très sage et régulière. Il était beau quand il dormait, dans son lit à barreaux, un vrai lit de bébé. Personne n'aurait osé imaginer, alors, quel enfant il était.

Compte tenu de sa différence, Maurizio ne pourrait jamais faire partie de notre « committiva ». Comment aurait-il réussi à nager jusqu'au grand rocher et à plonger comme les autres ?

Un jour, pourtant, ma petite Italienne décida de l'y forcer. Vincent devait venir avec nous, nous avions formé le projet tous les trois ensemble, Amalia, lui et moi. Nous irions un matin tôt, un 15 août, jour de « Ferragosto », fête chômée par l'Italie entière, personne pour nous voir, pas même une barque de pêcheur. Mais Vincent avait été puni par l'oncle Roberto, mon inséparable avait volé de l'argent destiné à nous épater encore. Il accompagnerait, pour la peine, Anita à Messine, une visite à un parent. Il n'y eut rien à faire. « Niente spiaggia, niente bagno ! » avait ordonné Roberto.

J'arrivai seul au rendez-vous sur la plage de Palmi.

– Vincenzo n'est pas avec toi ?

J'avais essayé de convaincre Amalia de remettre l'épreuve à une autre fois mais la petite Italienne n'allait pas se décourager pour si peu. Maurizio, entre nous deux, s'appuierait sur nos épaules et nous nagerions tant bien que mal jusqu'au grand rocher.

Il nous fallut près d'une heure pour y parvenir. Maurizio ne comprenait pas ce que nous attendions de lui, ce que nous voulions lui faire. Il tremblait, je me souviens, prononçait des phrases incohérentes.

Amalia aida son frère à escalader lentement le rocher, à grimper le plus haut possible. Au bon moment, elle le lâcherait, le pousserait très fort dans la mer, à l'endroit précis où je me préparais à le recevoir. Tel un paquet.

Ils avaient atteint le sommet et Amalia hurla :

– Je peux y aller ?

– Non, lui criai-je. Attends.

– Mais quoi ? Tu imagines que je peux rester là-haut très longtemps ?

Nous parlions italien, je le parlais très bien à l'époque, c'était la fin de notre deuxième été en Calabre.

La petite Italienne s'énervait. Il ne fallait pas s'énerver là-haut, mais se montrer très adroit, au contraire, avant de plonger, assez fort, assez loin pour éviter les écueils dont la mer était semée.

– Amalia !

– Tu es prêt ?

– Amalia, pourquoi tu ne fais plus l'amour avec d'autres garçons ?

– Alberto, tu vois bien que je suis en équilibre. C'est dangereux. Tu es fou ou quoi ?

– Tu vas me répondre, Amalia, pourquoi Vincenzo tout seul ?

Maurizio commençait à se débattre, il avait sans doute peur.

– J'aime Vincenzo, tu comprends ? Allez, tends tes bras, maintenant, tends-les bien !

Vincent m'avait laissé la préférence, j'avais eu Amalia avant lui, une fois, une fois seulement comme les autres garçons de la « committiva » mais Vincent, lui, l'avait eue pour toujours, semblait-il. Elle allait me le prendre, ce n'était pas une fille pour nous. Nous ne méritions pas ça.

– Alberto, hurla-t-elle, je n'y arrive plus, je le lâche ?

Maurizio se débattait de plus en plus violemment. Il donnait, à présent, de vrais coups de pieds, de vrais coups de poings à sa sœur et il finit par la déséquilibrer.

Amalia manqua d'élan pour sauter dans la mer. Elle bascula avant de s'écraser contre un récif. Je ne compris pas tout de suite que sa tête avait été fracassée.

Je me chargeai de redescendre Maurizio du rocher. Il s'était assis tranquillement, les bras croisés et n'avait plus bougé, peut-être enfin conscient d'avoir fait du mal. Je le ramenai difficilement jusqu'à la rive. Du secours arriva bientôt pour constater la mort d'Amalia.

Mort accidentelle car personne ne pouvait considérer Maurizio comme un assassin. Vincent pleura la petite Italienne et moi avec lui, pour le consoler.

J'avais repris ma voiture boulevard Malesherbes pour rentrer chez moi. Soulagé.

Depuis le début, pensai-je, j'avais espéré Vincent coupable pour le voir égaliser à un crime partout.

Je trouvai là l'unique raison de mon obstination à conclure l'enquête. Seulement, j'avais eu beau chercher, Vincent ne m'avait jamais rendu mon geste. Pour la première fois, il refusait le partage.

Ces vingt années de prolongation ne lui avaient servi à rien, ces neuf femmes me ramenaient à mon propre crime. Les larmes de Vincent, le soir dans ma loge, étaient bien destinées à Amalia qu'il n'avait pu oublier. Eleonora lui rappelait cette mort absurde, il avait préféré aussi ne pas la reconnaître et jouer à l'imbécile, à l'innocent tel Maurizio planté sur son rocher.

Pourquoi aurais-je regretté dès lors d'avoir savamment enfermé Vincent dans mon piège, de l'avoir laissé passer pour un vulgaire amateur aux yeux de Janvion, des musiciens, des gens de notre milieu ?

Il était près d'une heure, je ne serais pas trop en retard pour le déjeuner. Je raconterais à Dominique

que la séance d'enregistrement avait traîné comme d'habitude. Dominique m'aurait certainement gardé mon repas au chaud. J'avalerais un café avant de gagner le théâtre pour la répétition de l'après-midi. La veille, précisément à cause de Vincent, nous n'avions rien fait.

Au music-hall de la rue Blanche, les portes des loges ne ferment pas à clé. Vincent avait dû pénétrer dans la mienne peu avant mon arrivée. Il s'était allongé sur le canapé et semblait dormir profondément.

J'ôtai mon manteau, jetai mes affaires sur la table assez bruyamment pour le tirer du sommeil mais cela ne suffit pas. Alors, je m'approchai du canapé-lit et je me mis à l'appeler très doucement :

– Vincent !

Je le regardai dormir si bien, au moment où tant de questions revenaient : comment avais-je donc réussi à le posséder si facilement ? Comment Spencer ou Milena, Lea ou l'oncle Roberto ne l'avaient-ils pas déjà averti de mes séjours à l'étranger ?

– Vincent, murmurai-je encore.

Il se réveilla brutalement et me tendit la main au lieu de m'embrasser. Il me serrait la main comme on la serre à Janvion, à M. Jeanne, aux musiciens :

– J'ai beaucoup dormi ?

– Je viens d'arriver, lui dis-je.

– Ah ! oui… Je prendrais bien une douche.

– Tu sais que c'est impossible, il n'y en a pas, ici…

– Je sais, répéta Vincent. De toute façon, je n'en ai

plus pour très longtemps dans ce théâtre. Tu crois que je n'ai pas compris ?

Vincent s'était levé, il avait rejoint ma table de maquillage, s'y était installé machinalement. Il ouvrit les différents tubes, les différentes boîtes et commença à se peindre le visage, à se grimer, à se poudrer comme si nous devions bientôt entrer en scène :

– Tu ne me refuseras pas ce dernier petit plaisir ?

Il souriait.

– Tu as compris quoi, exactement, lui demandai-je.

– Que tu n'as plus envie de travailler avec moi.

– Mais bien sûr que si, Vincent. Pourquoi me dis-tu ça et sur ce ton ?

– Hier, je ne t'ai pas écouté. Je suis resté tranquillement au théâtre, j'étais au fond de la salle quand vous m'avez cherché, au début de la répétition. J'aurais pu me manifester mais je tenais à voir jusqu'où tu irais. J'ai fait quelque chose de mal, Albert, je t'ai déçu ?

– Mais non, Vincent, c'est moi…

– Tout est de ma faute, coupa Vincent. Depuis cette sale nuit au pub… Je me suis trahi, bêtement, je n'aurais jamais dû pleurer comme une femmelette. Alors tu savais, Albert, ou tu as su ?

Je n'entendais plus rien de ce que Vincent me disait. Il se fardait comme un pitre, insistant sur les couleurs les plus vives. J'essayai de l'en empêcher, qu'il cesse de gâcher ces produits de maquillage qui nous coûtent assez cher, mais il reposa sa question :

– Tu savais, n'est-ce pas ?

– Mais quoi, Vincent ?

– Pour Amalia, avoua-t-il enfin. Amalia, rappelle-toi, la petite Italienne, comme tu l'appelais… Tu savais puisque tu étais avec eux sur le rocher. Tu l'aimais mieux que moi, Amalia, tu aurais pu la garder…

– Je l'aimais bien, répondis-je à Vincent, craignant la suite de l'histoire.

– Alors, elle t'a parlé, reprit-il. Alors, tu as tout vu. Tu sais bien, toi, que Maurizio ne l'a pas poussée. Pauvre Maurizio, il n'était même pas capable d'ouvrir une porte ou de se gratter la tête, comment aurait-il pu la pousser ?

– Il l'a poussée, Vincent, criai-je, je t'assure qu'il l'a poussée !

– Tu es trop gentil mais je connais la vérité. Amalia était une enfant avec des rêves, des idées et des caprices d'enfant. Elle s'était imaginé que j'allais l'épouser. Tu te souviens, elle ne voulait plus faire l'amour qu'avec moi, personne d'autre que moi. L'épouser, non mais tu te rends compte ? A dix-sept ans, moi, épouser une fille qui avait couché avec tout Reggio. Aussi, j'avais fini par lui parler, la raisonner. Plus de champs d'orangers, plus de petits plaisirs. Je lui avais promis qu'elle resterait ma sœur, j'avais cru bien m'en tirer. Tu ne devines pas quand je lui ai dit tout ça, la date exacte ? C'était la veille de « Ferragosto », Albert. La veille du jour où c'est arrivé. Je suis sûr qu'elle a sauté. Ma sœur, ça ne lui suffisait pas, tu comprends ? Elle a sauté toute seule, n'est-ce pas ? Encore plus folle que son frère, elle s'est jetée, Albert… Dis-le-moi !

Je demeurai muet pour laisser Vincent continuer. Il me déclara qu'il avait parfaitement reconnu Eleonora dans son imperméable et qu'il m'avait menti. Il me raconta cette sœur, ce fantôme d'Amalia qu'il avait placé entre eux comme Eleonora me l'avait dit. Il se défendait, se justifiait, m'expliquant qu'Eleonora s'était collée à lui comme s'était collée Amalia, de la même manière. Il savait aussi une partie, un bout de mon enquête. Marie-Pierre Forest, cette amie de Marion, l'avait bien mis en garde le jour où je les avais surpris ensemble. Spencer lui avait révélé mes six jours passés à Vienne, à la poursuite d'Irina.

– Alors, tu as fini par retrouver Eleonora et tu as tout reconstitué. C'est bien ça, Albert ? Il fallait bien que tu l'apprennes…

Je ne voulus pas le contrarier, il s'était si bien habitué à sa version des choses. Il se lava soigneusement le visage, nettoya mon lavabo. Il m'annonça sa décision de tout quitter, d'emmener Nathalie avec lui. Il irait loin, loin de moi, précisa-t-il.

La répétition eut lieu comme prévu. J'étais bien le seul à savoir que ce serait notre dernière répétition avec Vincent.

Janvion applaudit à son solo de trompette mais il y avait de l'ironie, de la rancœur dans ses compliments :

– Vous voyez, Lamar, lui dit-il, quand vous vous donnez la peine.

Vincent, impassible, assista à tous les numéros, riant aux plaisanteries de Rose, aux bons mots de Porte et de Morin.

Il laissa, dans sa loge, les vieux journaux, son costume de scène et même sa trompette, son bel instrument doré pour ne rien devoir au théâtre, j'imagine.

Il partit sans saluer personne. Je le vis descendre la rue Blanche, le nez en l'air, les bras ballants comme s'il se dirigeait vers la sortie d'un lycée de jeunes filles.

Je faillis le rattraper pour lui réciter la véritable histoire, lui crier que nous étions bien deux à avoir tué la petite Italienne mais il était trop tard et je l'aurais perdu quand même.

Je suis retourné une fois au duplex de la rue Alasseur, ce n'est pas loin de chez moi, juste une avenue, le Village suisse à traverser. J'ai appris que Vincent et Nathalie devaient plus de trois mois de loyer au moment où ils ont été congédiés par leur propriétaire. La gardienne, une femme imposante aux cheveux rouges que Vincent avait surnommée Fort Apache, m'a demandé si j'étais intéressé par les cent vingt mètres carrés. L'appartement, en effet, n'a pas été loué depuis le départ du couple.

J'ai bien songé à écrire à Vienne à Spencer et Milena, j'ai appelé Lea à Rome à différentes reprises mais Vincent n'a donné de ses nouvelles à personne. Eleonora n'habite même plus rue Cernuschi, il me faudra attendre un autre cinéma, un autre film et, pour être tout à fait franc, je ne suis pas pressé.

Le mois dernier, Raoul a envisagé de quitter la maison. Avec Dominique, nous avons insisté pour qu'il prolonge son séjour encore un peu, à cause des enfants. Muriel et Guillaume sont jeunes, ils se sont attachés à lui comme à un animal domestique.

Maintenant, je n'ai plus honte de mon manque d'horaires, je profite volontiers de mes après-midi libres pour me promener dans Paris, à l'aventure. Dominique ne se doute de rien mais il m'arrive d'échanger des sourires avec des inconnues. Si par hasard, la fille me plaît un peu, je n'hésite pas à la suivre. Je ne dois pas savoir très bien m'y prendre, je crois que je leur fais peur. Dès qu'elles se sentent suivies, les filles se sauvent en courant et je n'éprouve ni l'envie ni le besoin de leur courir après.

Au théâtre, nous sommes restés six semaines sans travailler, à nous tourner les pouces. Après l'échec d'un film italien à gros budget, Curtis s'est enfin décidé à remonter sur une scène. Son récital a obtenu un vif succès au music-hall de la rue Blanche, même si Curtis avait choisi un meilleur orchestre que le nôtre pour l'accompagner.

Les répétitions du prochain spectacle commencent la semaine en huit. Récemment, Janvion s'est résolu à engager un nouveau trompettiste pour pallier l'absence de Vincent. Loussier, de l'avis général, ne faisait pas le poids.

Le nouveau a joué dans le monde entier. « Il se conduira en véritable professionnel », nous a promis Janvion. C'est un garçon de mon âge ou légèrement plus vieux. Sa calvitie naissante, sa fine moustache soigneusement taillée lui confèrent un air respectable assez inhabituel dans notre métier.

Nous avons sympathisé hier soir dans ma loge. J'ai découvert que nous avions les mêmes centres d'intérêt. Gérard m'a confié que « cachetonner » pour les uns et les autres avait fini par le lasser. Sa femme ne supportait plus ses longues absences quand il partait en tournée. Le salaire que lui a accordé Janvion est très raisonnable.

– Ça te… ça vous paraît bien ? m'a-t-il demandé.

J'ai remarqué que Gérard oscillait entre le tutoiement et le vouvoiement, cela m'a touché.

Nous nous sommes séparés devant ma voiture.

– Je te ramène ?

Gérard m'a répondu qu'il était motorisé, qu'il vivait en dehors de Paris, de toute façon, à la campagne. Je l'ai regardé s'éloigner en pensant que l'orchestre avait eu de la chance de tomber sur un garçon comme lui, apparemment droit et équilibré.

J'ai eu envie de marcher un peu, remonter jusqu'à la place Blanche mais j'ai fini par y renoncer. Nous étions mercredi, le jour de la réunion hebdomadaire des musiciens de variété.

DU MÊME AUTEUR

Samedi, dimanche et fêtes
roman
Seuil, 1972

Les Petits Verlaine
roman
Seuil, 1973

Baudelaire et les Voleurs
récit
Julliard, 1973

La Partie belle
roman
Seuil, 1974

La Comédie légère
roman
Seuil, 1975

Le Sommeil agité
roman
Seuil, 1977
et « Points Roman », n° R180

Les Enfants de fortune
roman
Seuil, 1978
et « Points Roman », n° R91

Affaires étrangères
roman
Seuil, 1979
réed. Grasset, 1996
Seuil, « Points Roman », n° R30
LGF, « Le Livre de poche », 14901

Les Bêtes curieuses
récit
Balland, 1980

Mr Pinocchio

Julliard, 1981
Seuil, « Points », n° P758

Portrait craché

récit
Seuil, 1983

Méchant

roman
Seuil, 1985
rééd. Grasset, 1996
Seuil, « Points Roman », n° R265
LGF, « Le Livre de poche », n° 14756

Mon père américain

roman
Seuil, 1988
rééd. Grasset, 1996
Seuil, « Points Roman », n° R366
LGF, « Le Livre de poche », n° 14444

L'Angoisse du tigre

roman
Seuil, 1990
et « Points Roman », n° R499

Les Seins de Blanche-Neige

roman
Grasset, 1996
LGF, « Le Livre de poche », n° 13917

Affaires personnelles

roman
Grasset, 1996
LGF, « Le Livre de poche », n° 14160

Une petite femme

récit
Grasset, 1998
LGF, « Le Livre de poche », n° 14856

Un début d'explication

roman
Seuil, 2000
et « Points », n° P869

Toilette de chat

roman
Seuil, 2003

RÉALISATION : PAO ÉDITIONS DU SEUIL
NORMANDIE ROTO IMPRESSION S. A. S. À LONRAI
DÉPÔT LÉGAL : NOVEMBRE 2003. N° 62221 (03-2491)
IMPRIMÉ EN FRANCE